說日語好流行

日本人聊天必說流行語 2

Aikoberry
平松晋之介／著

新米

かまってちょ

笛藤出版

用流行語擴展話題，
來個有趣的文化交流吧！

- 10種聊天情境，超過300個聊天關鍵字。
- 讓日本朋友對你說「哇！連這句都知道？好強！」。

還在用正正經經的說話方式和日本朋友聊天嗎？放輕鬆點吧！
想打進日本友人生活圈…先來知道他們在流行說些什麼吧！

「渣男」、「暖男」、「瞎妹」、「業配文」、
「封鎖」、「分身」…等，你知道怎麼說嗎？
看日劇、綜藝節目，或是和日本朋友聊天，
老是在聊得最起勁的時候，偏偏被一些關鍵字打了岔。

究竟這些單字該怎麼說？是什麼意思？要怎麼用？
學校老師沒有教，字典也找不到，查到仍一知半解？

本書為您歸納出目前在日本常被提及的流行用語。
淺顯易懂的說明與趣味插圖，
幫助您將這些打壞氣氛的日語關鍵字，
變成與日本朋友聊天時最棒的"武器"！

♪ MP3音檔請至下方連結下載：
http://bit.ly/DTJPPOP2
★ 請注意英數字母＆大小寫區別 ★

MP3日語發聲｜須永賢一
中文發聲｜賴巧凌

本書使用方法

書眉

從這裡讓您更有效率地搜尋到想學的聊天關鍵字。

音軌

跟著MP3學習10種聊天情境的正確發音吧！讓你無論是聽或說都沒問題，聊得更起勁！

聊天關鍵字

透過趣味的插畫圖解及解說，把關鍵字通通記起來！附上羅馬音，初學者也能輕鬆學。

分析式解說

淺顯易懂的分析式解說。簡單扼要，一看就懂。

- **原句** 為關鍵字未簡略前的原始句。
- **注意** 使用時該注意的地方。
- **常用** 常與某些用法一起使用。
- **其他** 其他各種意思、說法。
- **類** **反** 意思類似或相反的補充關鍵字。

例句

實用例句，理解說法。

延伸專欄

詼諧且受用的專欄知識，讓您對流行語與日本文化有更進一步的認識。

哪裡不同

特別容易混淆的單字，在這裡一次搞懂！

ゴスロリ・〜文字系 ・ シュール ・ ゆめかわ女子 85

KUSO搞笑、荒謬有趣。

03 Part 1 ・ 校園友情篇

お誕生日席（たんじょうびせき）

o.ta.n.jo.o.bi.se.ki

意思 主位。

解說 「誕生日」：生日。

「席」：座位。

注意 指長桌正中間位置。

其它 也指觀光巴士上最後座的正中間位置。

例 お誕生日席は恥ずかしいからやだな〜

o.ta.n.jo.o.bi.se.ki.wa.ha.zu.ka.shi.i.ka.ra.ya.da.na.a

不要啦〜坐主位好丟臉。

塩顔男子 ・ 清楚系女子 ・ マシュマロ女子 ・ こじらせ女子 34

マシュマロ女子（じょし）

ma.shu.ma.ro.jo.shi

意思 肉肉女、棉花糖女孩。

解說 「マシュマロ」：棉花糖（marshmallow）。

例 痩せれないから、マシュマロ女子を目指そう！

ya.se.re.na.i.ka.ra、ma.shu.ma.ro.jo.shi.o.me.za.so.o

瘦不下來，所以目標當棉花糖女孩！

就像棉花糖一樣澎軟甜美？

出自日本專門介紹肉肉女孩時尚的流行雜誌『la farfa』。身材圓潤，皮膚嫩白柔軟，再加上甜美的穿著打扮，整體感覺就像棉花糖一樣。給人容易親近、心胸寬大的印象，不僅受不少男性喜愛，在同性間也很受到歡迎。

ぷに子

哪裡不同??

「頭でっかち」、「おつむが弱い」、「頭が悪い」

＊「頭でっかち」：光說不練，只靠一張嘴。

＊「おつむが弱い」：笨、傻、呆。帶有諷刺，將他人當傻子耍的語氣。

＊「頭が悪い」：不聰明、笨。指不得要領，頭腦不靈光。

聰明度比較：「頭でっかち」＞「頭が悪い」＞「おつむが弱い」。

流行語什麼時候派得上用場呢？

看日本節目時

這個節目好有趣哦！
每個禮拜都好期待。
あるある（很常有）
イマイチ（略顯不足）
シュール
為什麼偏偏這一段
沒有放字幕。
我聽不懂…
吸～
喵
貓咪神救援
哈哈！原來是這個
意思哦…哈哈

和日本朋友聊天時…

哈囉～好久不見！！
久等了！
真的！
好久不見！
おひや（冰水）
コスパ（CP值）
はしご（續攤）
マメ（殷勤）
貓咪神救援
哈！這句我很常講誒！
竟然連
這句也有！
太好了～
喵～

目次

Part1 校園友情篇

●Part1・女子会

●Part1・楽勝

Part2 職場工作篇

●Part 2 ・新米

Part3 戀愛結婚篇

Part4 手機篇

●Part 3・絶食系男子

●Part 4・歩きスマホ

Part5 網路篇

●Part 5・中二病

Part6 外型篇

●Part6・ゴスロリ

Part7 興趣篇

Part8 性格篇

Part9 生活用語篇

大阪
串炸
宇都宮煎餃
栃木
湯咖哩
北海道
福岡
博多拉麵
炸豬排蓋飯
新潟
月島文字燒
東京
章魚飯
沖繩
B級グルメ!
小小上班族微小的心願。

● Part 9・B級グルメ

番外篇 羅馬音略語

Part 1
校園友情篇

マブダチ

ma.bu.da.chi

意思 好朋友、麻吉。

解說 「マブ」＝ 真的、真正的。

「ダチ」＝ 友達(ともだち)（朋友）。

原為流動攤販及流氓間使用的說法。

例 マブダチと公園(こうえん)でダベった。

ma.bu.da.chi.to.ko.o.e.n.de.da.be.t.ta

和好朋友在公園閒聊。

＊だべった＝駄弁(だべ)る（閒聊）。

1974年由松田優作主演的電影『あばよダチ公(こう)』的影響下，被廣為使用。

タッグを組(く)む

ta.g.gu.o.ku.mu

意思 互相支持合作。

解說 「タッグ」：タグマッチ（tag match，雙打賽）。

原為摔角界用語。

例 二大巨匠(にだいきょしょう)がタッグを組(く)んだ。

ni.da.i.kyo.sho.o.ga.ta.g.gu.o.ku.n.da

兩位大師聯手合作。

＊巨匠(きょしょう)：通常指藝術方面的大人物。

意思 同伴、夥伴。

其它 也有指自己配偶的意思。

例 ツレと夜中(よなか)にドライブに出(で)かけた。
tsu.re.to.yo.na.ka.ni.do.ra.i.bu.ni.de.ka.ke.ta
半夜和朋友去兜風。

意思 1.指讓人感到安心自在的人。
2.沒有存在感的人。

例 彼女(かのじょ)はもう空気(くうき)みたいな存在(そんざい)だよ。。
ka.no.jo.wa.mo.o.ku.u.ki.mi.ta.i.na.so.n.za.i.da.yo
她已經是像空氣一樣讓我覺得很自在。

例 あいつは存在感(そんざいかん)が無(な)くて空気(くうき)みたいだ。
a.i.tsu.wa.so.n.za.i.ka.n.ga.na.ku.te.ku.u.ki.mi.ta.i.da
那傢伙就像空氣一樣完全沒有存在感。

類 存在感(そんざいかん)が薄(うす)い

つるむ

tsu.ru.mu

意思 群聚、集體行動。

解說 源自江戶時代，用來指強盜等彼此結伴行動的意思。

注意 說法較粗俗。

例 おまえらいつもつるんでるな。
o.ma.e.ra.i.tsu.mo.tsu.ru.n.de.ru.na
你們還真常湊在一起。

一群人聚在一起就是了！

日本70年代暴走族盛行時，被拿來指結伴做壞事的意思，之後漸漸在不良少年間廣為使用。直到80年代後，才單純指聚在一起的意思。

たんじょうびせき
お誕生日席
o.ta.n.jo.o.bi.se.ki

意思 主位。

解說 「誕生日（たんじょうび）」：生日。

「席（せき）」：座位。

注意 指長桌正中間的位置。

其它 也指觀光巴士上最後一排正中間的位置。

例 お誕生日席（たんじょうびせき）は恥（は）ずかしいからやだな～
o.ta.n.jo.o.bi.se.ki.wa.ha.zu.ka.shi.i.ka.ra.ya.da.na
不要啦～坐主位好丟臉。

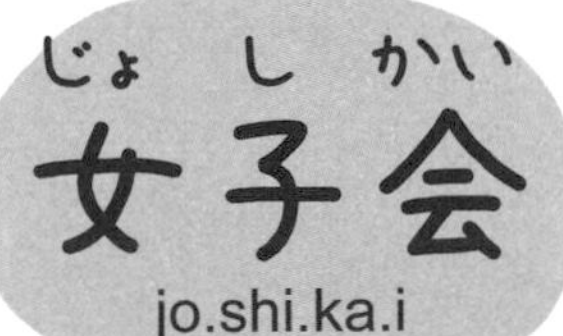

意思 女生聚會。

解說 「会（かい）」＝宴会（えんかい）。

例 おしゃれなカフェで女子会（じょしかい）した。
o.sha.re.na.ka.fe.de.jo.shi.ka.i.shi.ta
在時髦的咖啡廳和姊妹們聚會。

男性止步！只聊女人的話題？

一開始為餐飲店開發針對女性的限定方案時所打出的宣傳用語，後來被廣為使用。2010年獲選為流行語大賞Top10。

在女性專屬的聚會上，不必在意異性眼光，可以暢所欲言，大談愛情、家庭、事業、美容等私密話題。這樣的聚會方式相當受到女性歡迎。

相反的，也有所謂的「男子会（だんしかい）」。根據日本兩性專題網站『セキララ★ゼクシィ』調查，許多男性會定期參加以興趣為主的聚會，一起到居酒屋小酌一杯、討論釣魚或是看球賽等等。

ヒッキー

hi.k.ki.i

意思 隱蔽青年、繭居族。

原句 「引き篭もり(ひこ)」的略稱。

「引き(ひ)」：抽離、抽出。

「篭もり(こ)」＝ 篭もる(こ)(隱蔽、退縮)

例 ヒッキー生活(せいかつ)が長(なが)くて社会復帰(しゃかいふっき)できない。

hi.k.ki.i.se.i.ka.tsu.ga.na.ga.ku.te.sha.ka.i.fu.k.ki.de.ki.na.i

隱蔽的生活太久，很難重返社會。

隱蔽青年大多是因為教育體制、社會普遍的價值觀及就業上的壓力等因素而感到無力與絕望，因此逐漸開始拒絕社交與參與社會，過著自我封閉的生活。

引(ひ)きこもり女子(じょし)

hi.ki.ko.mo.ri.jo.shi

意思 隱蔽女子、繭居女。

例 先日(せんじつ)、引(ひ)きこもり女子会(じょしかい)に参加(さんか)してよかった。

se.n.ji.tsu、hi.ki.ko.mo.ri.jo.shi.ka.i.ni.sa.n.ka.shi.te.yo.ka.t.ta

前幾天有去參加繭居女聚會，真是太好了。

隱蔽女子其實不算少數？

一直以來「引(ひ)きこもり(隱蔽青年)」被認為是男性居多。由於社會對男女的觀念認知，一直沒有受到關注，直到2016年由日本記者池上正樹所出版的「ひきこもる女性(じょせい)たち(暫譯：封閉自我的女性們)」，大眾才開始重視這個問題。為了讓繭居女重新走入社會，日本社福團體特別舉辦了「引(ひ)きこもり女子会(じょしかい)（繭居女聚會）」，讓不擅長與異性相處的女性能安心參加之外，目的是希望讓繭居女能夠找回自己的價值，並重返社會。參加者除了有想改變現狀的繭居女外，還有其家人、關係人、有經驗者等。談談彼此的生活、近況、心得等，迴響相當地好。

カンニング
ka.n.ni.n.gu

意思 作弊。

解說 「カンニング」＝ 和製英語cunning(狡猾)。

例 カンニングがバレて0点(れいてん)になった。
ka.n.ni.n.gu.ga.ba.re.te.re.i.te.n.ni.na.t.ta
作弊被發現，被以0分計算。

ブッチする
bu.c.chi.su.ru

意思 無故請假、缺席。

解說 「ぶっち」＝ ぶっちぎる(突破、衝破)＋～する作動詞用。

常用 上課、社團、打工、約定等。

例 だるかったのでバイトをブッチした。
da.ru.ka.t.ta.no.de.ba.i.to.o.bu.c.chi.shi.ta
懶懶的所以翹了打工。

類 サボる(翹課、班)、ドタキャン(放鴿子)

連說一聲都嫌煩？

直接缺席，不然就是刻意不接電話、直接掛掉對方的電話、忽然中斷通信、或是訊息已讀不回等。

哪裡不同??

「ブッチする」、「サボる」、「ドタキャン」

＊**「ブッチする」**：直接忽略、無視。沒有任何理由、也沒有聯絡就取消約定。
＊**「サボる」**：由外來語「サボタージュ(sabotage，破壞)」延伸而來，有破壞常規，想偷懶的意思。
＊**「ドタキャン」**：在約定時間前臨時取消，多半還是會事先連絡。

程度上「ブッチする」＞「サボる」＞「ドタキャン」。

意思 短暫的離家出走。

解說 「**プチ**」＝ 法petit（小）。

「**家出**（いえで）」：離家出走。

其他 通常離家時間為數日至一星期左右。

例 プチ家出（いえで）して両親（りょうしん）を心配（しんぱい）させた。
pu.chi.i.e.de.shi.te.ryo.o.shi.n.o.shi.n.pa.i.sa.se.ta
離家幾天讓爸媽擔心了。

グレる
gu.re.ru

意思 學壞。

解說 「**グレる**」＝「はまぐり（蛤蜊）」反著用為「ぐりはま」，再轉而變成「ぐれはま」＋る作動詞使用。

常用 主要指青少年。

例 中学（ちゅうがく）の時（とき）、周（まわ）りに流（なが）されてグレてた。
chu.u.ga.ku.no.to.ki、ma.wa.ri.ni.na.ga.sa.re.te.gu.re.te.ta
國中的時候跟著周圍同學一起學壞。

類 不良化（ふりょうか）

語源源自蛤蜊的殼被翻轉後，合不起來的樣子，意指刻意去做相反的事情（指反社會、反骨的行為）。

らくしょう 楽勝 ra.ku.sho.o

意思 輕輕鬆鬆就成功了。

解說 「楽(らく)」：輕鬆。

「勝(しょう)」：勝利。

例 試験(しけん)は楽勝(らくしょう)だったよ。
shi.ke.n.wa.ra.ku.sho.o.da.t.ta.yo
考試很輕鬆就過關了。

反 辛勝(しんしょう)（苦勝）

インテリ i.n.te.ri

意思 高學歷、知識份子。

解說 「インテリゲンチア」：intelligentsia（知識階級）。原為俄語。

例 彼(かれ)はハーバード大卒(だいそつ)のインテリだ。
ka.re.wa.ha.a.ba.a.do.da.i.so.tsu.no.i.n.te.ri.da
他是哈佛大學畢業的知識份子。

類 エリート

哪裡不同??

「インテリ」、「エリート」

＊「インテリ」：指知識豐富、高知識的人。例：學者。

＊「エリート」：出自法文「élite」，指精英、高階層的人。例：高階主管、統治者。

兩者意思雖類似，但仍有差別，例如：哈佛大學的學生＝「インテリ」；哈佛大學畢業後在知名企業擔任主管＝「エリート」。

意思 指借了不還。

解說 「**パク**」＝パクる(偷竊)。

例 マンガを**借りパク**された。

ma.n.ga.o.ka.ri.pa.ku.sa.re.ta

漫畫被人借了不還。

名正言順的占為己有？

完全忘了是跟別人借的，幾乎變成自己的東西(多半類似漫畫等價格較低的物品)。或是本來打算歸還，到後來卻把它忘的一乾二淨(常出現在金錢之間的借貸)。也有很多是自己本身也忘記的狀況。

おちょくる

o.cho.ku.ru

意思 開玩笑、嘲弄。

常用 主要在關西地區使用

例 **おちょくる**のもいい加減(かげん)にしろ！

o.cho.ku.ru.no.mo.i.i.ka.ge.n.ni.shi.ro

開玩笑也該有個限度！

類 からかう、ばかにする

意思 感到恐怖、懼怕。

例 ヤンキーに囲(かこ)まれてビビった。
ya.n.ki.i.ni.ka.ko.ma.re.te.bi.bi.t.ta
被流氓包圍，好可怕。

聽到聲音就害怕？

源自平安時代大軍移動時身上盔甲發出「ビンビン」的聲音，人們將此聲音稱為「ビビる音(おと)」。江戶時代開始用來形容上台表演前，緊張到發抖的意思。直到1970年代正逢不良少年盛行，所以也用在形容準備打架、做壞事之前，感到害怕的意思。

たかる
ta.ka.ru

意思 伸手討取。

例 息子(むすこ)にお金(かね)をたかられた。
mu.su.ko.ni.o.ka.ne.o.ta.ka.ra.re.ta
兒子伸手跟我要錢。

類 おねだり、ゆする

「おねだり」、「たかる」、「ゆする」

＊「**たかる**」：向親近的人（例：父母親、爺爺奶奶、長輩等）伸手討取。
＊「**おねだり**」：以撒嬌的方式，死皮賴臉地要求。
＊「**ゆする**」：握有對方弱點，並以此作為要脅。敲詐、勒索。

這三個單字的漢字都寫成「強請る」，雖然都有「向人索取某物」的意思，但表現的索取方式不太一樣。

惡意的程度：「ゆする」>「たかる」>「おねだり」。

意思 焦頭爛額、落花流水。

解說 「**コテン**」＝こてんこてん(落花流水)。

「**こてんこてん**」：從「こってり(嚴厲指責)」變化而來。

例 喧嘩(けんか)して**コテンパン**にやられた。
ke.n.ka.shi.te.ko.te.n.pa.n.ni.ya.ra.re.ta
和人吵架，被打的落花流水。

はっちゃける

ha.c.cha.ke.ru

意思 解放、抒發、痛快。

例 今晩(こんばん)は、**はっちゃけ**ようよ！
ko.n.ba.n.wa、ha.c.cha.ke.yo.o.yo
今晚就好好解放吧！

解放壓力吧！

2000年開始的說法。指為了忘記所有不愉快，而盡情紓發、解放的意思。一開始本來是年輕族群的用語，後來在上班族之間也廣為使用。

下ネタ（しもネタ）

shi.mo.ne.ta

意思 黃色笑話。

解說 「下（しも）」＝ 指下半身。

「ネタ」＝「たね(種)」倒著唸。

例 お見合い（みあい）の席（せき）で下（しも）ネタは厳禁（げんきん）だよ。

o.mi.a.i.no.se.ki.de.shi.mo.ne.ta.wa.ge.n.ki.n.da.yo

相親時嚴禁說黃色笑話。

つうか

tsu.u.ka

意思 反駁對方時的發語詞。

原句 「と言（い）いますか」→「って言（い）うか」的略稱。

注意 通常不會特別翻譯出來。

其它 加強前句語氣的接續詞。

例 つうかなんで黙（だま）ってるの？

tsu.u.ka.na.n.de.da.ma.t.te.ru.no

啊你幹嘛不講話？

男生女生說法有點不同？

在此介紹的「つうか」，大多為男性使用，同樣說法還有「つうかさー」。而女生比較常說「てゆうか」。

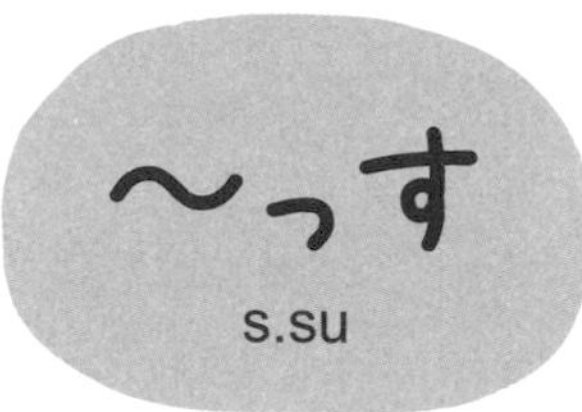

～っす

s.su

原句 「です」的略稱。

常用 男性常用語。

例 おつかれっす。元気(げんき)っすか？

o.tsu.ka.re.s.su。ge.n.ki.s.su.ka

辛苦了。還好嗎？

什麼時候會用到？

想拉近關係時有些男性會使用「～っす」，或是跟感情比較好的前輩使用。但是對某些人而言，容易意會成想跟自己裝熟，因此可能會產生反感。

說話口氣介於「丁寧語(ていねいご)(禮貌說法)」和「タメ口(くち)(同輩間的說法)」之間。

地雷(じらい)を踏(ふ)む

ji.ra.i.o.fu.mu

意思 踩地雷。

解說 「踏(ふ)む」：踩、踩踏。

例 地雷(じらい)を踏(ふ)んで彼女(かのじょ)を怒(おこ)らせてしまった。

ji.ra.i.o.fu.n.de.ka.no.jo.o.o.ko.ra.se.te.shi.ma.t.ta

因為踩到她的地雷，所以被罵了一頓。

意思 指最先提議要去做的人。

解說 「言（い）いだし」：說出來。

「ぺ」＝屁（へ）。

在電梯裡……

例 言（い）い出（だ）しっぺは誰（だれ）なの？
i.i.da.shi.p.pe.wa.da.re.na.no
是誰先提的？

放屁的人總是先說臭？

漢字寫為「言（い）い出（だ）し屁（ぺ）」，意思是最先說自己無罪的人往往就是犯人。也就是最先說「好臭」的人通常都是放屁的人。後來慢慢衍生成提議的人最後總是得先去做的人的意思。

意思 計畫被迫中止。

解說 「ポシャる」＝ シャッポ(法文chapeau，帽子)倒著唸並＋「る」作動詞化。

帽子反過來，也就是脫帽，表示投降的意思。

例 自分（じぶん）のミスで計画（けいかく）がポシャった。
ji.bu.n.no.mi.su.de.ke.i.ka.ku.ga.po.sha.t.ta
因為自己的疏忽導致計畫被迫中止。

ダブルブッキング

da.bu.ru.bu.k.ki.n.gu

意思 重覆預約、重覆約定。

解說 「ダブルブッキング」＝ double-booking（重覆下單、重覆預約）。

例 カレと元(もと)カレと**ダブルブッキング**しちゃった。
ka.re.to.mo.to.ka.re.to.da.bu.ru.bu.k.ki.n.gu.shi.cha.t.ta
和男友還有前男友的約會不小心重疊了。

ダブる

da.bu.ru

意思 留級、重覆。

解說 「ダブる」＝ ダブル（double，重覆）作動詞化。

注意 本來ダブル尾音就有「ru」的音，所以作動詞用時沒有音變。

例 入院(にゅういん)が原因(げんいん)で高校(こうこう)を**ダブった**。
nyu.u.i.n.ga.ge.n.i.n.de.ko.o.ko.o.o.da.bu.t.ta
因為住院的關係，所以高中留級了。

「ダブる」、「かぶる」

＊**「ダブる」**：有兩個相同的東西重覆時的狀況。
例如：「入力(にゅうりょく)した文字(もんじ)がダブる。」（打出來的字重覆了。）

＊**「かぶる」**：源自電視用語，「かぶる」有覆蓋在上面的意思，引伸為與原定計畫重疊的意思，常用在企劃、約定等狀況。
例如：「予約(よやく)がかぶっている。」（重覆預約了）。

練習看看！ 15

1 選選看：聽MP3，並從〔　〕中選出適當的單字。

〔A. マブダチ　B. 空気　C. お誕生日席　D. つるむ　E. 女子会〕

① 幸子(さちこ)と裕子(ゆうこ)は何(なに)をやるのもいつも______。

② 付(つ)き合(あ)って 5年(ねん) お互(たが)い に もう ______ みたいな 存在(そんざい) だ。

③ 最近(さいきん) ______が好(す)き。女(おんな)の子(こ)ってお得(とく)。

④ ______だけ は 絶対(ぜったい) に 座(すわ)らないよ。

⑤ ______は人生(じんせい)に一人(ひとり)か二人(ふたり)だけ。

2 填填看：聽MP3，並在______中填入適當的單字。

① 高校(こうこう)の時(とき)__________、みんなに迷惑(めいわく)をかけていた。

② ママと喧嘩(けんか)して__________。

③ 子供(こども)の頃(ころ)、イヌのほえる声(こえ)に__________。

④ __________って、聞(き)いていると恥(は)ずかしい。

⑤ 今回(こんかい)の試合(しあい)は__________で勝(か)てるね。

解答

1 ① D --幸子和裕子不管做什麼事都要一起。 ② B --交往5年，彼此就像空氣一樣相處自在。 ③ E --最近很喜歡參加女生聚會，當女生真划算。 ④ C --怎麼樣都不要坐主位。 ⑤ A --人生中的知己只有一兩個。

2 ① グレて--高中的時候學壞，給大家添麻煩。 ② プチ家出--和媽媽吵架，故意離家幾天。 ③ ビビった--小時候聽到狗叫聲就很害怕。 ④ 下ネタ--黃色笑話讓人聽了很害羞。 ⑤ 楽勝--這場比賽，不費吹灰之力就贏了。

Part 2
職場工作篇

だいそつ 大卒 da.i.so.tsu

意思 大學畢業。

原句 「大学卒業生(だいがくそつぎょうせい)」的略稱。

其它 高中畢業就叫「高卒(こうそつ)」。

例 大卒(だいそつ)でも就職(しゅうしょく)できない人(ひと)が多(おお)いらしい。
da.i.so.tsu.de.mo.shu.u.sho.ku.de.ki.na.i.hi.to.ga.o.o.i.ra.shi.i
好像很多人即使大學畢業也無法順利找到工作。

しんそつ 新卒 shi.n.so.tsu

意思 大學畢業、社會新鮮人。

解說 「新」：新規(しんき)(新的)。
「卒(そつ)」：「卒業(そつぎょう)」(畢業)或「卒業者(そつぎょうしゃ)」(畢業生)。

原句 「新規卒業(しんきそつぎょう)」或「新規卒業者(しんきそつぎょうしゃ)」的略稱。

例 新卒(しんそつ)で就職(しゅうしょく)したけど、大企業(だいきぎょう)に転職(てんしょく)したい。
shi.n.so.tsu.de.shu.u.sho.ku.shi.ta.ke.do、da.i.ki.gyo.o.ni.te.n.sho.ku.shi.ta.i
大學畢業雖然有工作，但是想換到大公司。

きそつ 既卒 ki.so.tsu

意思 指畢業一段時間後，仍在找工作的求職者。

解說 「既(き)」：已經。
「卒(そつ)」：卒業(そつぎょう)(畢業)。

例 就活(しゅうかつ)に失敗(しっぱい)してしまい、既卒(きそつ)フリーターになってしまった。
shu.u.ka.tsu.ni.shi.p.pa.i.shi.te.shi.ma.i、ki.so.tsu.fu.ri.i.ta.a.ni.na.t.te.shi.ma.t.ta
求職活動失敗，現在變成邊找工作邊打工的打工族。

しゅうしょくりゅうねん 就職留年
shu.u.sho.ku.ryu.u.ne.n

意思 刻意留級等隔年畢業再繼續找工作。

解說 「留年(りゅうねん)」：留級。

例 就職留年(しゅうしょくりゅうねん)しても内定(ないてい)ゼロでした。
shu.u.sho.ku.ryu.u.ne.n.shi.te.mo.na.i.te.i.ze.ro.de.shi.ta
即使刻意留級再找工作，還是沒得到任何錄取的機會。

類 就職浪人(しゅうしょくろうにん)、就職難民(しゅうしょくなんみん)

留級一年等機會？

4月開始是日本求職潮，即將畢業的大學畢業生紛紛展開求職活動。在求職活動過程中，有些學生因為沒有被理想企業錄取，因此刻意留級，等到隔年再來一次。多半的理由為「面試全都沒上」、「沒有被理想的企業錄取，明年想再挑戰一次」、「只剩下中小企業，完全沒有動力」、「雖然錄取了，但不是最想進的公司，所以只好再等一年」等等。

*「內定(ないてい)」：指學生與雇主間在工作關係上的非正式約定。在日本，學生畢業離校一年之前會開始找工作，並在畢業前決定好出路。如果獲得「內定」，畢業後就可以直接到該企業就職。

オワハラ
o.wa.ha.ra

意思 催促結束就業活動的精神騷擾。

解說 「オワ」：終(お)われる(讓…結束)。

「ハラ」：ハラスメント(harassment，騷擾)。

原句 「就活終(しゅうかつお)われハラスメント」的略稱。

例 今日(きょう)の面接(めんせつ)でオワハラにあった。
kyo.o.no.me.n.se.tsu.de.o.wa.ha.ra.ni.a.t.ta
今天面試被催促趕快結束就業活動。

是怎麼被催促騷擾的呢？

面試的場合上，企業利用內定要求仍在進行就業活動的學生放棄其他面試機會，因此讓學生感受到壓力，被迫做出選擇。對企業而言是想趕緊把握優秀人才，但學生通常想多多參加面試，最後再選擇到理想的企業就職。

オヤカク
o.ya.ka.ku

意思 指企業向取得內定的學生家長確認意願。

解說 「オヤ」：親(おや)(家長、父母親)。

「カク」：確認(かくにん)(確認)。

原句 「(入社(にゅうしゃ)の可否(かひ)を)親(おや)に確認(かくにん)」的略稱。

例 就活生(しゅうかつせい)にオヤカクが多(おお)いらしい。
shu.u.ka.tsu.se.i.ni.o.ya.ka.ku.ga.o.o.i.ra.shi.i
最近有很多得事先向家長確認意願的求職生。

自己的工作還是自己決定吧！

這個名詞出現的背景，源自黑心企業的橫行。許多家長無法放心，對小孩將來要任職的公司特別挑剔，也因此企業接到許多來自家長的「內定辞退(ないていじたい)」(提內定離職)。對此，企業為了避免同樣的事情發生，開始對學生家長進行電話訪談、或是邀請家長到公司參觀等，一方面努力留住人才，同時也希望能夠避免多餘的人事成本。

新米
しんまい
shi.n.ma.i

意思 新人、菜鳥。

例 まだ新米(しんまい)ですが頑張(がんば)ります！
ma.da.shi.n.ma.i.de.su.ga.ga.n.ba.ri.ma.su
雖然我還很菜，但我會加油！

新人的新圍裙？

源自江戶時代，店家給新進員工的全新圍裙，日文叫「新前掛(しんまえか)け」，略稱為「新前(しんまえ)」，之後轉而稱作「新米(しんまい)」。但與同音異義的「新米(しんまい)(新收成的稻米)」沒有直接關係。
此外「新米(しんまい)」後可接職種名稱，例如：「新米社員(しんまいしゃいん)(新進員工)」、「新米(しんまい)ママ(新手媽媽)」等。

意思 老手、經驗豐富的人。

解說 出自英文的「veteran」。

例 彼(かれ)はこの道(みち)のベテランだ。
ka.re.wa.ko.no.mi.chi.no.be.te.ra.n.da
他是這方面的經驗老手。

類 大御所(おおごしょ)、巨匠(きょしょう)　**反** 若手(わかて)

パワハラ

pa.wa.ha.ra

意思 濫權。

解說 「**パワ**」＝パワー(power，權力)。

「**ハラ**」＝ハラスメント(harassment，煩擾；騷擾)。

原句 「パワーハラスメント(power harassment)」的略稱。

例 上司(じょうし)をパワハラで訴(うった)えた。
jo.o.shi.o.pa.wa.ha.ra.de.u.t.ta.e.ta
指控上司濫權。

ノウハウ
no.u.ha.u

意思 實際知識、技能、本事、訣竅。

解說 出自英文的「know-how」。

例 ベテランにノウハウを教(おし)えてもらった。
be.te.ra.n.ni.no.u.ha.u.o.o.shi.e.te.mo.ra.t.ta
從經驗豐富的老手那裡學到訣竅。

ゆとり世代(せだい)
yu.to.ri.se.da.i

意思 寬鬆世代、悠哉世代。

例 ゆとり世代(せだい)だけどゆとりじゃない！
yu.to.ri.se.da.i.da.ke.do.yu.to.ri.ja.na.i
雖然是寬鬆世代，但我不散漫！

教育政策失敗下的產物？

指1987～1996年出生的人們。這段期間出生的人在進入社會後的工作表現，受到嚴重批判。追究原因後才發現這個世代在就學時期，受到2002年政府推行的「寬鬆教育*」影響，因此造成基本素養不足，學習能力差，出社會後缺乏積極態度。
工作表現上的常見特質：被動、想立即得到答案、不做對自己沒長進的事、害怕失敗，容易沮喪喊離職。2016年日劇「ゆっとりですがなにか」(寬鬆世代又怎樣)為其經典代表。

*「ゆとり教育(きょういく)(寬鬆教育)」

過去日本重視成績的「填鴨式教育」受到批判，而重新擬定的教育政策。目的是為了讓學生在基本教育學習下，充分發展個人特質，培養思維能力和知識運用能力。此外更縮減上課時間及課綱內容，減輕學生負擔。但這個充滿美意的政策為何會失敗呢？有專家推測，原因出在斥責學生會阻礙個性發展的指導方針上，造成出社會受到主管責備後，變得無所適從、害怕失敗。另外也因為網路的急速普及，用關鍵字搜尋就能得到答案，因此缺乏自我思索問題的能力。

*「脱(だつ)ゆとり教育(きょういく)（脫離寬鬆教育）」

由於「寬鬆教育」成效不佳，造成學生普遍學習能力降低，日本政府只好在2011年實施補救政策，以反向操作的方式增加上課時間及學習內容，才有些許好轉。因此2011年後的教育政策就被稱為「脫離寬鬆教育」。

ブラック企業（きぎょう）

bu.ra.k.ku.ki.gyo.o

意思 黑心企業。

解說 「ブラック」：black（黑色）。

例 一年間（いちねんかん）に一日（いちにち）しか休（やす）みがない、ブラック企業（きぎょう）だね。
i.chi.ne.n.ka.n.ni.i.chi.ni.chi.shi.ka.ya.su.mi.ga.na.i。bu.ra.k.ku.ki.gyo.o.da.ne
一年只有一天休假，真是黑心企業。

指在超時工作、濫用職權等惡劣勞動條件下，引起高離職率及過勞問題的企業。這類企業普遍大量採用年輕人，並以廉價薪資、高工作量提升公司利益。原本是在網路誕生的用語，2012年後才開始廣泛使用。近年還成立黑心企業大獎，除了由委員會選出年度黑心企業，還開放大眾票選。2016年獲得黑心大獎的是「電通」。

とばっちり

to.ba.c.chi.ri

意思 躺著也中槍、無妄之災。

解說 出自「迸り（とばしり）」（指潑灑水時飛濺而出的水滴），並以聲音作為表現。就像莫名被潑到水一樣，受到牽連。

例 彼（かれ）のミスなのに、私（わたし）まで怒（おこ）られてとばっちりだよ。
ka.re.no.mi.su.na.no.ni、wa.ta.shi.ma.de.o.ko.ra.re.te.to.ba.c.chi.ri.da.yo
明明是他犯的錯，連我也莫名受到牽連被罵了一頓。

ドカタ

do.ka.ta

意思 土木、建築工人。

解說 「ドカタ」＝土方（どかた）。

例 夏（なつ）のドカタバイトで真（ま）っ黒（くろ）になった。
na.tsu.no.do.ka.ta.ba.i.to.de.ma.k.ku.ro.ni.na.t.ta
夏天跑去當工人，皮膚都曬黑了。

リゾバ

ri.zo.ba

意思 海邊或山區等觀光景點的短期打工、打工度假。

解說 「リゾ」＝ リゾート（resort，休閒度假）。

「バ」＝ アルバイト（德文arbeit，打工）。

原句 「リゾートアルバイト」的略稱。

例 リゾバで彼女（かのじょ）をゲットしたよ。

ri.zo.ba.de.ka.no.jo.o.ge.t.to.shi.ta.yo

打工度假的時候交到女朋友了。

類 ワーキングホリデー（ワーホリ）：打工度假

枕営業（まくらえいぎょう）

ma.ku.ra.e.i.gyo.o

意思 以肉體關係取得利益。

例 アイドルの枕営業（まくらえいぎょう）は業界（ぎょうかい）の常識（じょうしき）だよ。

a.i.do.ru.no.ma.ku.ra.e.i.gyo.o.wa.gyo.o.ka.i.no.jo.o.shi.ki.da.yo

偶像利用肉體取得利益是業界常識。

水商売（みずしょうばい）

mi.zu.sho.o.ba.i

意思 泛指特種行業。

解說 「商売（しょうばい）」：買賣。

其它 也可簡稱為「お水（みず）」。

例 水商売（みずしょうばい）は大変（たいへん）だよ。

mi.zu.sho.o.ba.i.wa.ta.i.he.n.da.yo

在特種行業上班很辛苦的。

錢如流水，吃飯得看客人臉色？

日本人自古以來認為流水代表著不安定的象徵，特種行業也一樣，客人多錢就拿得多，客人少錢就拿得少。

キャバクラ
kya.ba.ku.ra

意思 酒店。

解說 「**キャバ**」＝キャバレー（法文cabaret，夜總會）。

「**クラ**」＝クラブ（club，俱樂部）。

原句 「キャバレークラブ（cabare club）」的略稱。

例 **キャバクラはサラリーマンのオアシスだよ。**
kya.ba.ku.ra.wa.sa.ra.ri.i.ma.n.no.o.a.shi.su.da.yo
酒店是上班族們的綠洲啊。

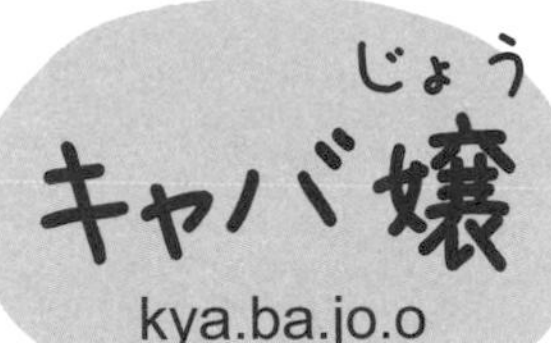

意思 酒店小姐。

解說 「**嬢**(じょう)」：小姐。

例 **大学時代**(だいがくじだい)**キャバ嬢**(じょう)**のバイトで話術**(わじゅつ)**を身**(み)**につけた。**
da.i.ga.ku.ji.da.i.kya.ba.jo.o.no.ba.i.to.de.wa.ju.tsu.o.mi.ni.tsu.ke.ta
大學時打工當過酒店小姐，練就一身說話技巧。

ボッタクリ
bo.t.ta.ku.ri

意思 非法索取高額費用、敲竹槓。

解說 「**ボッ**」＝源自「暴利(ぼうり)」，動詞化後變成「ぼる」。

例 **ボッタクリバーでお水一杯**(みずいっぱい)**5000円**(えん)**取**(と)**られた！**
bo.t.ta.ku.ri.ba.a.de.o.mi.zu.i.p.pa.i.go.se.n.e.n.to.ra.re.ta
那家收費昂貴的惡質酒吧，一杯水收了我5000日圓！

非法索取高額費用的惡劣酒店稱為「ぼったくりバー」。

意思 冰水。

解說 居酒屋或餐飲店的專用語

「**お**」：表示尊敬或美化的用語 。

「**ひや**」＝お冷(ひ)や（冰水）。

例 おひやのおかわりはいかがですか。
o.hi.ya.no.o.ka.wa.ri.wa.i.ka.ga.de.su.ka
需要幫您加水嗎？

當然也有講「お水(みず)」的店家。

意思 指一個人。

注意 較客觀的說法。

其他 也指「一位客人」。

例 あの人(ひと)、お一人様(ひとりさま)で焼肉(やきにく)を食(た)べに来(く)るんだね。
a.no.hi.to、o.hi.to.ri.sa.ma.de.ya.ki.ni.ku.o.ta.be.ni.ku.ru.n.da.ne
那個人，自己一個人來吃燒肉耶。

意思 正好、恰好。

注意 讓人感覺有划算的說法。

常用 前接量詞，為語尾詞。

例 お一人(ひとり)様(さま)一万円(いちまんえん)ポッキリですよ。
o.hi.to.ri.sa.ma.i.chi.ma.n.e.n.po.k.ki.ri.de.su.yo
一個人剛好只要一萬日幣哦。

箱根泡湯趣
一人Only 2天1夜
10,000円!!

サクラ
sa.ku.ra

意思 暗樁、偽裝成客人的人。

解説 「サクラ」＝ 桜(さくら)。

例 開店(かいてん)を盛(も)り上(あ)げるため**サクラ**を集(あつ)めた。
ka.i.te.n.o.mo.ri.a.ge.ru.ta.me.sa.ku.ra.o.a.tsu.me.ta
因為想讓開幕看起來很熱鬧，請了暗樁來壯聲勢。

就像櫻花一樣，盛開後不久就謝光。

バカ売(う)れ
ba.ka.u.re

意思 暢銷、非常熱賣

解説 「バカ」＝ 傻瓜、笨蛋。
「売(う)れ」＝ 売(う)れる(熱賣)。

原句 「バカみたいにめちゃくちゃ売(う)れてる」
（像傻瓜一樣銷量好的不得了）。

例 健康(けんこう)ブームで納豆(なっとう)が**バカ売(う)れ**！
ke.n.ko.o.bu.u.mu.de.na.t.to.o.ga.ba.ka.u.re
因為大家開始注重健康，讓納豆的銷量好的不得了！

意思 **醬汁多一點。**

解說 「**つゆ**」：湯汁、醬汁。

「**だく**」＝ たくさん（很多）。

常用 在吉野家等連鎖丼餐廳點餐，要求湯汁多一點時的說法。

例 **並一丁（なみいっちょう）、つゆだくで。**

na.mi.i.c.cho.o、tsu.yu.da.ku.de

中的一份，湯汁多一點。

＊並＝並盛（なみもり）（中碗），一丁（いっちょう）：一份。

又流汗又流血？

就像滿滿湯汁一樣，揮汗如雨、滿身大汗的模樣也被稱為「**つゆだく**」。另外，因為受傷血大量濺出的樣子也叫做「**つゆだく**」。

勉強（べんきょう）する

be.n.kyo.o.su.ru

意思 **便宜賣。**

解說 「**勉強（べんきょう）**」：讀書。

在此為同中文字面上的意思。

常用 關西腔，在關西地方較常使用。

例 **おっちゃん、勉強（べんきょう）してくれへんか。**

o.c.cha.n、be.n.kyo.o.shi.te.ku.re.he.n.ka

大叔，可以算我便宜一點嗎？

類 オマケ

拜託啦！老闆你就勉強一下嘛？

日本使用「勉強」這個單字是出自儒家思想，有竭盡所能之意。用在商業買賣上，買賣雙方對於便宜、昂貴、打折等字眼特別敏感，因此用了「勉強」代表已經盡力將價格壓低。其實和現在日文所表示的「讀書」有共通點，兩者皆包含「努力」的意思。

ツケ
tsu.ke

意思 賒帳。

常用 在高級壽司店、BAR等。

其它 又可稱為「売掛金（うりかけきん）」。

例 ごちそうさま、ツケといて。
go.chi.so.o.sa.ma、tsu.ke.to.i.te
我吃飽了，我要賒帳。

食（く）い逃（に）げ
ku.i.ni.ge

意思 吃霸王餐。

解說 「**食（く）い**」：食（く）う（吃，說法較粗魯）。
「**逃（に）げ**」＝ 逃（に）げる（逃跑）。
原為流動攤販及流氓間使用的說法。

其它 比較正式的說法為「無銭飲食（むせんいんしょく）」。

例 食（く）い逃（に）げをして警察（けいさつ）に突（つ）き出（だ）された。
ku.i.ni.ge.o.shi.te.ke.i.sa.tsu.ni.tsu.ki.da.sa.re.ta
吃霸王餐被警察抓到。

先付錢再用餐？

有些店家利用先購買餐券或先付費的方式，避免客人吃霸王餐。

寄生（きせい）
ki.se.i

意思 啃老族。

例 彼(かれ)はまだ親(おや)と同居(どうきょ)してるの？寄生虫(きせいちゅう)だね。
ka.re.wa.ma.da.o.ya.to.do.o.kyo.shi.te.ru.no?ki.se.i.chu.u.da.ne
他還在和父母一起住嗎？真是個啃老族。

類 パラサイト

要看有沒有獨立生活的打算？

指從學校畢業後就一直住在老家，生活上的開銷皆仰賴父母親的單身族。即使有在工作也不會拿錢貼補家用，有時候還會伸手向父母親要零用錢。一旦失業，可能打算一輩子依賴父母親。理由也許是經濟不景氣、物價高漲等等，但一切取決於是否有靠自己獨立生活的決心。

ヒルズ族（ぞく）
hi.ru.zu.zo.ku

意思 六本木勝利組。

解說 「ヒルズ」：hills（山丘），這裡指六本木(ろっぽんぎ)ヒルズ（六本木之丘）。

例 ITビジネスで成功(せいこう)してヒルズ族(ぞく)の仲間入(なかまい)りをした。
a.i.ti.i.bi.ji.ne.su.de.se.i.ko.o.shi.te.hi.ru.zu.zo.ku.no.na.ka.ma.i.ri.o.shi.ta
IT 事業上有一番成績，成為六本木勝利組的一員。

類 ヒルズ長者(ちょうしゃ)

指居住在東京六本木之丘週邊摩天大廈的企業家，特別是指科技產業的年經企業家。但廣義而言，在六本木之丘上班的人都可統稱為「ヒルズ族(ぞく)」。
2003年六本木之丘開業以來，許多科技產業相繼在此設立辦公室，直到2005年在新聞、媒體界大量曝光下，這群人才被統稱為「ヒルズ族(ぞく)」。

シロガネーゼ

shi.ro.ga.ne.e.ze

意思 貴婦。

解說 指住在東京港區白金、白金台的主婦。

「シロガ」：指東京都港區的黃金地段「白金(しろかね)」、「白金台(しろかねだい)」。

「ネーゼ」：源自義大利語的後綴詞-nese，為～人、～語、～的。

例 **シロガネーゼに憧(あこが)れるわ～。**

shi.ro.ga.ne.e.ze.ni.a.ko.ga.re.ru.wa

好嚮往成為高級住宅區的主婦。

類 セレブ主婦(しゅふ)

日本女性誌『VERY』編輯相澤正人所創造出來的名詞。

サロネーゼ

sa.ro.ne.e.ze

意思 在自家開設教室的女性。

解說 「サロ」：サロン(法語salon，客廳、接待室)，在此指教室。

例 **セレブなプチ起業(きぎょう)はサロネーゼだ。**

se.re.bu.na.pu.chi.ki.gyo.o.wa.sa.ro.ne.e.ze.da

像貴婦一樣的小創業就是在自家開設教室。

從料理、美容、收納、花藝、到手工藝等教室種類五花八門，除了增加收入，還能夠活用自己的技能及知識，因此許多女性紛紛投入創業行列。

特別在2006年透過日本女性誌『VERY』特集推廣下，更加受到歡迎。

30

1 選選看：聽MP3，並從〔　〕中選出適當的單字。

〔A. サクラ　B. 食い逃げ　C. ポッキリ　D. 新米　E. バカ売れ〕

① 友達（ともだち）のライブで＿＿＿を頼（たの）まれた。

② 500円（えん）＿＿＿でこんなにおいしいランチが食（た）べれる。

③ テレビで紹介（しょうかい）されたものは、次（つぎ）の日（ひ）必（かなら）ず＿＿＿だ。

④ 彼（かれ）は＿＿＿常習犯（じょうしゅうはん）だよ。

⑤ 私（わたし）は2月（がつ）に出産（しゅっさん）したばかりの＿＿＿ママです。

2 填填看：聽MP3，並在＿＿＿中填入適當的單字。

① 色々（いろいろ）知（し）ってるね。さすが＿＿＿＿だ！

② よく接待（せったい）で＿＿＿＿を利用（りよう）する。

③ この前（まえ）タクシーで遠回（とおまわ）りされて、＿＿＿＿された。

④ 最近（さいきん）は＿＿＿＿がある会社（かいしゃ）が多（おお）いそうだよ。

⑤ 日本（にほん）の会社（かいしゃ）＿＿＿＿じゃないと、雇（やと）ってくれないんだよね。

解答

1 ① A --朋友拜託我充當演唱會的觀眾。 ② C --只要500日元，就可以吃到這麼好吃的午餐。 ③ E --只要是電視上介紹的東西，隔天馬上就會熱賣。 ④ B --他是常吃霸王餐的慣犯。 ⑤ D --我是2月剛生小孩的新手媽咪。

2 ① ベテラン--知道好多事哦！不愧是專家！ ② キャバクラ--很常用酒店來接待客戶。 ③ ボッタクリ--之前搭計程車被繞遠路藉機揩油。 ④ パワハラ--最近似乎很多會濫權的公司。 ⑤ 新卒--通常日本的公司不太會僱用非大學剛畢業的人。

Part 3
戀愛結婚篇

ぜっしょくけいだんし

絶食系男子

ze.s.sho.ku.ke.i.da.n.shi

意思 絶食男。

解說 在此指對戀愛毫無興趣的男性。

例 彼は絶食系男子だから、アタックしても意味がないよ。
ka.re.wa.ze.s.sho.ku.ke.i.da.n.shi.da.ka.ra、a.ta.k.ku.shi.te.mo.i.mi.ga.na.i.yo
他是絕食男，所以想接近他也沒用。

對戀愛完全無感？

近幾年絕食男逐漸增加，其主要特徵是：比較樂於同性間的聚會、重視個人興趣和時間、對愛情無感、討厭他人催促自己談戀愛、個性外向、朋友多。
和草食男對於戀愛的消極性相比，絕食男的世界裡可能不需要愛情的存在。

ヌクメン

nu.ku.me.n

意思 暖男。

解說 「ヌク」＝温もり(暖和)。
「メン」＝メンズ(men's，男士)。

其它 別稱「温もり系男子」。

例 新世代モテ男“ヌクメン”が今熱い！
shi.n.se.da.i.mo.te.o.to.ko"nu.ku.me.n"ga.i.ma.a.tsu.i
新世代桃花男“暖男”當道。

暖到心頭裡？

隨著時代與環境改變，女生喜好的男性類型層出不窮，因此出現各式各樣男子類型。形象清新、溫柔、可愛，療癒女生心靈的暖男，是目前受女性歡迎的類型。另外，被選為代表的日本男星為千葉雄大。

べんとうだんし
弁当男子
be.n.to.o.da.n.shi

意思 便當男。

例 最近社内(さいきんしゃない)に**弁当男子**(べんとうだんし)が増(ふ)えてきた。
sa.i.ki.n.sha.na.i.ni.be.n.to.o.da.n.shi.ga.fu.e.te.ki.ta
最近公司裡的便當男越來越多了。

便當男？可以吃嗎？

因為經濟不景氣，為了節省多餘開銷，伙食費得更加節省。因此選擇自己做菜帶便當的男性逐漸增加。從中培養出心得與樂趣後，大多數的便當男都相當樂此不疲。市面上還出現很多針對便當男的食譜、商品，可見便當男的市場不容小覷。

イクメン
i.ku.me.n

意思 享受育兒樂趣的男性、奶爸。

解說 「**イク**」：育児(いくじ)(育兒)。

「**メン**」＝メンズ(men's，男士)。

其它 也可寫成「育(いく)メン」。

例 私(わたし)の夫(おっと)は**イクメン**です。
wa.ta.shi.no.o.t.to.wa.i.ku.me.n.de.su
我先生是奶爸。

超級奶爸！

有別於傳統觀念，利用產假積極參與育兒的男性逐漸增加。イクメン就是為了鼓勵這些男性而出現的。但隨著育兒假天數的增加，收入也會減少，相對的在公司的評價也會降低，因此在日本「イクメン」仍算是少數。另外，「イクメン」被選入2010年日本流行語大賞Top10。

塩顔男子（しおがおだんし）

shi.o.ga.o.da.n.shi

意思 鹽臉男。

解說 「塩（しお）」：鹽、鹽味。

「顔（かお）」：臉。

其它 指女生的話，則為「塩顔女子（しおがおじょし）」。

例 塩顔男子（しおがおだんし）の代表（だいひょう）は坂口健太郎（さかぐちけんたろう）だ。

shi.o.ga.o.da.n.shi.no.da.i.hyo.o.wa.sa.ka.gu.chi.ke.n.ta.ro.o.da

坂口健太郎是鹽臉男的代表。

反 ソース顔（がお）

臉看起來鹹鹹的？

相較於五官深邃，長相偏向歐美人的「ソース顔（がお）」，「塩顔男子」偏向於傳統日式臉孔、長相乾淨俐落，皮膚偏白、眼皮為內雙或單眼皮、身材高瘦，帶點弱不禁風等。

代表性的日本男星除了坂口健太郎，還有西島秀俊、松田龍平、加瀨亮、綾野剛等。

清楚系女子（せいそけいじょし）

se.i.so.ke.i.jo.shi

意思 清新型、氣質型女生。

解說 「清楚（せいそ）」：清新、無造作。

例 清楚系女子（せいそけいじょし）を目指（めざ）す！

se.i.so.ke.i.jo.shi.o.me.za.su

目標成為氣質型女生！

マシュマロ女子

ma.shu.ma.ro.jo.shi

意思 肉肉女、棉花糖女孩。

解說 「マシュマロ」：棉花糖(marshmallow)。

例 痩せれないから、マシュマロ女子を目指そう！

ya.se.re.na.i.ka.ra、ma.shu.ma.ro.jo.shi.o.me.za.so.o

瘦不下來，所以目標當棉花糖女孩！

類 ぷに子

就像棉花糖一樣澎軟甜美？

出自日本專門介紹肉肉女孩時尚的流行雜誌『la farfa』。身材圓渾，皮膚嫩白柔軟，再加上甜美的穿著打扮，整體感覺就像棉花糖一樣。給人容易親近、心胸寬大的印象，不僅受不少男性喜愛，在同性間也很受到歡迎。

こじらせ女子

ko.ji.ra.se.jo.shi

意思 彆扭女。

解說 「こじらせ」＝こじらせる(彆扭、難搞)。

例 私、こじらせ女子だから～

wa.ta.shi、ko.ji.ra.se.jo.shi.da.ka.ra

我就是愛鬧彆扭的女生嘛～

反正像我這樣的女生…

出自日本作家雨宮まみ於2011年出版的自傳隨筆『女子をこじらせて』，此書出版後，引起很大的共鳴與迴響，2013年被選為日本流行語大賞候補。

認為自己和一般認定的可愛女生沾不上邊，時常否定自己、對自己沒信心，口頭禪總是「反正我就是…」、「像我這樣的人…」等。其他特徵還有被動、疑心病重、不擅長撒嬌、就算一個人也無所謂、過去內心受過傷害、喜愛特別的穿著打扮等。

意思 女生搭訕男生。

解說 「逆(ぎゃく)」：相反。

「ナン」＝ナンパ(搭訕)。

例 オレ昨日(きのう)**逆(ぎゃく)ナン**されたよ。
o.re.ki.no.o.gya.ku.na.n.sa.re.ta.yo
我昨天被女生搭訕了。

一般大多認為男性要主動搭訕女性，但隨著時代改變主動追擊的女性逐漸增加。

デブ専(せん)
de.bu.se.n

意思 指專愛體態較豐滿的人。

解說 「デブ」：胖子。

「専(せん)」＝ 専門(せんもん)。

原句 「デブ専門(せんもん)」的略稱。

例 あいつってほんと**デブ専(せん)**だね。
a.i.tsu.t.te.ho.n.to.de.bu.se.n.da.ne
那傢伙真的特別愛胖子耶。

ブス専(せん)
bu.su.se.n

意思 指專愛長相其貌不揚的女生。

解說 「ブス」：醜女。

原句 「ブス専門(せんもん)」的略稱。

其它 也可以說成「B専(せん)」。

例 おれって**ブス専(せん)**なのかな？
o.re.t.te.bu.su.se.n.na.no.ka.na
難道我喜歡的都是醜女？

ヤキモチ

ya.ki.mo.chi

意思 吃醋、忌妒。

解說 「**ヤキ**」＝妬(や)く（忌妒）。

「**モチ**」：気持(きも)ち（心情）。

其它 也有烤麻糬的意思，寫法為「焼(や)き餅(もち)」。

例 ネコに**ヤキモチ**焼(や)くなよ～。

ne.ko.ni.ya.ki.mo.chi.ya.ku.na.yo

不要對貓咪吃醋嘛～

像烤麻糬一樣？

當初是為了好玩，聽起來比較有趣，因此將忌妒、吃醋的情緒比喻為「焼(や)き餅(もち)（烤麻糬）」。一旦忌妒的心情膨脹起來，就會像烤麻糬一樣慢慢鼓起來。

ベタベタ／ベタつく

be.ta.be.ta／be.ta.tsu.ku

意思 黏ＴＴ。

解說 「**ベタ**」＝ベタベタ。

「**つく**」：附著。

例 人前(ひとまえ)で**ベタつくん**じゃないよ！

hi.to.ma.e.de.be.ta.tsu.ku.n.ja.na.i.yo

在別人面前不要黏我黏這麼緊啦！

どストライク

do.su.to.ra.i.ku

意思 **完全是我的菜、正中紅心。**

解說 「**ど**」：真的、合適、完全。

「**ストライク**」＝ strike，正中、擊中。

其他 「ストライクゾーン」：喜好範圍。

例 あの子(こ)マジで可愛(かわい)過(す)ぎる！**どストライク**だわ！

a.no.ko.ma.ji.de.ka.wa.i.su.gi.ru! do.su.to.ra.i.ku.da.wa

那個女生真的超級可愛！完全是我的菜啊！

ゾッコン

zo.k.ko.n

意思 **著迷、癡迷。**

解說 指打從心底對某人著迷的意思。

常用 前面接對象。～にゾッコン。

例 彼女(かのじょ)は彼(かれ)に**ゾッコン**みたいだね。

ka.no.jo.wa.ka.re.ni.zo.k.ko.n.mi.ta.i.da.ne

她好像對他很癡迷。

類 メロメロ

真心不騙？

江戶時代開始的說法，但當時比較常說「ぞっこん惚れ込む」。直到昭和時代，才轉為「ゾッコン」。

ガックク
ga.t.tsu.ku

意思 貪婪地、垂涎的。

其它 也可以形容貪吃或吃很快的人。

例 そんなにガッツクのはやめて！
so.n.na.ni.ga.t.tsu.ku.no.wa.ya.me.te
不要這麼貪心！

原本形容狼吞虎嚥、貪婪地吃著東西的模樣，而後引申為對某事物的欲望很深的意思。

オメデタ
o.me.de.ta

意思 懷孕。

解說 「オメ」＝おめでとう（恭喜）。
「デタ」＝出来事（事情）。

原句 「おめでたい出来事」的略稱。

例 もしかしてオメデタ？
mo.shi.ka.shi.te.o.me.de.ta
該不會是懷孕了？

モテ期（き）
mo.te.ki

意思 桃花運。

解說 「モテ」＝モテる（受歡迎）。
「期」：時期。

例 俺のモテ期は小学生で終わった
o.re.no.mo.te.ki.wa.sho.o.ga.ku.se.i.de.o.wa.t.ta
我的桃花運在小學時就結束了。

據說人的一生桃花運最多只有三次，但實際上還是有很多桃花不斷的人。一生中的桃花運也會隨著年齡、環境、個性的改變而有所增減。

プレ花嫁(はなよめ)

pu.re.ha.na.yo.me

意思 指正在籌備婚禮的準新娘。

解說 「プレ」＝ pre（～之前）。

「花嫁(はなよめ)」： 新娘。

其它 「卒花(そつはな)」＝卒花嫁(そつはなよめ)，辦完婚禮的新娘。

例 彼女(かのじょ)は**プレ花嫁(はなよめ)**だから、忙(いそが)しいでしょう。

ka.no.jo.wa.pu.re.ha.na.yo.me.da.ka.ra、i.so.ga.shi.i.de.sho.o

她現在是準新娘，應該很忙吧。

自己的婚禮自己來！

近年來，越來越多準新娘跳脫制式排場，選擇自己企劃婚禮主題，從場地佈置、風格主題等都一手包辦。網路上還有專門網站，如「marry」等，提供準新娘籌備婚禮的各種資訊。

だめんず

da.me.n.zu

意思 渣男。

解說 「だ」＝ 駄目(ダメ)（不行）。

「めんず」＝ メンズ（men's，男士）。

例 私(わたし)はいつも**だめんず**ばかり好(す)きになってしまう。

wa.ta.shi.wa.i.tsu.mo.da.me.n.zu.ba.ka.ri.su.ki.ni.na.t.te.shi.ma.u

我總是會喜歡上渣男。

根本就爛男人？

出自日本漫畫家倉田真由美的作品『だめんず・うぉ～か～。』。指不工作、花心、又有暴力傾向，提分手又會死纏爛打的男性。

意思 仙人跳、美人計。

解說 「**ハニ**」＝honey（甜心）。

「**トラ**」＝trap（陷阱）。

原句 「ハニートラップ（honey trap）」的略稱。

例 ハニトラに引(ひ)っかかって機密(きみつ)を漏(も)らしてしまった。
ha.ni.to.ra.ni.hi.k.ka.ka.t.te.ki.mi.tsu.o.mo.ra.shi.te.shi.ma.t.ta
誤中美人計，不小心把機密洩漏出去。

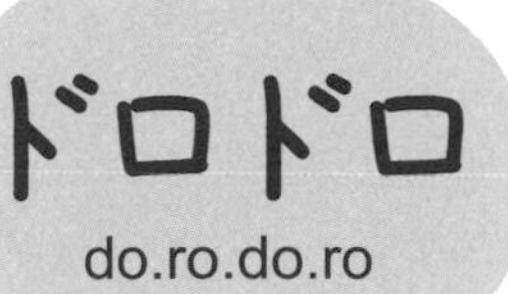

意思 1.糾纏不清、糾葛、複雜。

2.黏稠。

例 ドロドロの関係(かんけい)。
do.ro.do.ro.no.ka.n.ke.i
關係複雜。

例 熱(あつ)すぎてチョコがドロドロに溶(と)けた。
a.tsu.su.gi.te.cho.ko.ga.do.ro.do.ro.ni.to.ke.ta
太熱了，巧克力都融化了。

意思 玩火。

注意 指男女之間的關係。

例 火遊(ひあそ)びが過(す)ぎるとヤケドしちゃうよ！
hi.a.so.bi.ga.su.gi.ru.to.ya.ke.do.shi.cha.u.yo
玩火玩過頭小心燒到自己喔！

小心玩火自焚！

感情一旦到了一發不可收拾的地步，就會像火勢越燒越大一樣，因此用來形容不倫、外遇的狀況就像玩火一樣充滿危險性。

ていしゅかんぱく
亭主関白
te.i.shu.ka.n.pa.ku

意思 大男人主義。

解說 「亭主(ていしゅ)」：丈夫、男主人。

「関白(かんぱく)」：在古代為輔助天皇政務的重要官員。在這裡指有權力的人。

例 旦那(だんな)は亭主関白(ていしゅかんぱく)だ。
da.n.na.wa.te.i.shu.ka.n.pa.ku.da
我丈夫很大男人。

在過去的保守社會，大部份家庭都是由丈夫掌權，妻子只能服從。隨著女性主義的崛起，社會價值觀也開始轉變，「大男人主義」已經成為過去式。不過這句話倒成為嘲諷或讓現代男性稱慕不已的名詞。

意思 私房錢。

解說 「へそ」: 肚臍。

「くり」＝ 繰(く)り(調度)。

原句 「臍繰り金(へそくりがね)」的略稱。

例 へそくりを本(ほん)の中(なか)に隠(かく)した。
he.so.ku.ri.o.ho.n.no.na.ka.ni.ka.ku.shi.ta
我把私房錢藏在書裡。

其實大家都有私房錢？

雖然普遍指的是主婦所藏的私房錢，但是隨著時代改變，不再只有主婦才會藏私房錢了。

じたくなんみん
自宅難民
ji.ta.ku.na.n.mi.n

意思 **自家難民。**

解説 「**自宅**（じたく）」：自己的家。

常用 多半指男性。

例 嫁（よめ）や子供（こども）に愛想（あいそう）を尽（つ）かされ**自宅難民中**（じたくなんみんちゅう）だよ。
yo.me.ya.ko.do.mo.ni.a.i.so.o.o.tsu.ka.sa.re.ji.ta.ku.na.n.mi.n.chu.u.da.yo
忙著照顧老婆和小孩，我現在是自家難民。

還我空間！時間！

工作結束的父親，回到家後也沒有屬於自己的時間與空間。不是電視被老婆小孩搶走，就是家人太吵雜而無法安靜做自己的事，有的時候甚至還沒有晚餐可以吃。就像難民一樣，沒有屬於自己的空間與時間。

ホタル族（ぞく）
ho.ta.ru.zo.ku

意思 **螢火蟲族。**

解説 「**ホタル**」：螢火蟲。
指因為顧及家人，只好在陽台抽菸的男性。

常用 多指男性。

例 ベランダを見上（みあ）げたら**ホタル族**（ぞく）が沢山居（たくさんい）た。
be.ra.n.da.o.mi.a.ge.ta.ra.ho.ta.ru.zo.ku.ga.ta.ku.sa.n.i.ta
往陽台一看有好多在陽台抽菸的人。

夜晚在陽台抽菸的火光，遠看就像螢火蟲，因此才會稱之為螢火蟲族。

どろぼう猫（ねこ）
do.ro.bo.o.ne.ko

意思 狐狸精。

解說 「どろぼう」＝ 泥棒（どろぼう）（小偷）。

例 あのどろぼう猫（ねこ）め〜。
a.no.do.ro.bo.o.ne.ko.me~
那個死狐狸精！

竟然偷偷來！

形容偷偷闖入人家中盜取食物的貓，用來比喻為暗地裡做壞事的人。

＊「め」：罵人時使用的接尾詞。通常會接在第三人稱代名詞後面，表示對事情痛恨的情緒。因此在發音的時候，會特別拉長音「め〜」加強語氣。例：「あの野郎（やろう）め〜（那個王八蛋。）」。

離活（りかつ）
ri.ka.tsu

意思 為了準備離婚而做的種種活動。

解說 瞭解離婚的法律知識及確保離婚後的權益，為日後生活所做的準備。

原句 「離婚活動（りこんかつどう）」的略稱。

例 離活（りかつ）のために、まず証拠（しょうこ）集（あつ）めから始（はじ）めた。
ri.ka.tsu.no.ta.me.ni、ma.zu.sho.o.ko.a.tsu.me.ka.ra.ha.ji.me.ta
為了離婚，先從收集證據開始。

是什麼時候開始的？

2007年日本政府推出「*年金分割制度」，讓許多長期面對丈夫的經濟問題、外遇、家暴等問題的婦女開始產生離婚的念頭。坊間甚至還出現「離婚諮詢」，專門協助離婚活動的各種事宜。

*「年金分割制度」：婚姻期間的厚生年金（類似台灣國民年金），離婚後雙方達成協議或根據法院判決，妻子最多可分得丈夫厚生年金的2分之1。

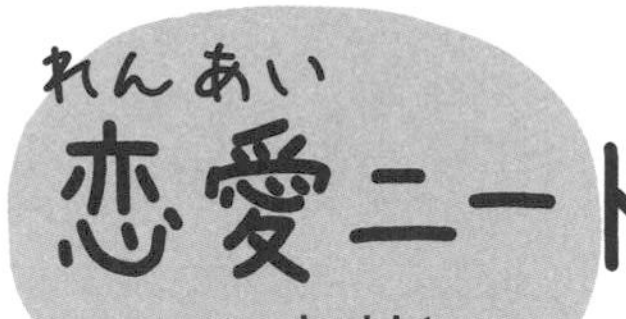

意思 愛情尼特族。

解說 「ニート」：尼特族，不升學不就業也不參加職業培訓的年輕人。在此指戀愛方面不積極也不願嘗試的人。

例 恋愛（れんあい）ニートと言（い）われても、まだ恋（こい）をしたくないもん。
re.n.a.i.ni.i.to.to.i.wa.re.te.mo、ma.da.ko.i.o.shi.ta.ku.na.i.mo.n
雖然被說是愛情尼特族，但我就還不想談戀愛嘛～。

指對於愛情一竅不通，無法順利和異性談戀愛的年輕人。

練習看看！ 45

1 選選看：聽MP3，並從〔　〕中選出適當的單字。

〔A. ベタベタ　B. イクメン　C. へそくり　D. モテ期　E. 逆ナン〕

① 将来結婚(しょうらいけっこん)する相手(あいて)は、＿＿＿がいいなぁ。

② 最近(さいきん)よく＿＿＿されるんだよ。どうしてかな。

③ 付(つ)き合(あ)ってないのに、＿＿＿してこないで！

④ 僕(ぼく)の＿＿＿っていつくるのかな。

⑤ 主婦(しゅふ)は、少(すこ)しずつ＿＿＿を増(ふ)やしている。

2 填填看：聽MP3，並在＿＿＿中填入適當的單字。

① 結構(けっこう)＿＿＿＿＿系(けい)ドラマを見(み)るのが好(す)き。

② 彼女(かのじょ)の＿＿＿＿＿が鬱陶(うっとう)しい！

③ 合(ごう)コンで＿＿＿＿＿が人気(にんき)！

④ 彼氏(かれし)できない…私(わたし)が＿＿＿＿＿だからかな。

⑤ イケメンより＿＿＿＿＿のほうがいい！

解答

1 ① B --將來結婚對象希望是個會照顧小孩的奶爸。 ② E --最近很常被女生搭訕耶。為什麼呢。 ③ A --我們又沒在一起，不要黏我黏這麼緊。 ④ D --我的桃花期什麼時候才來。 ⑤ C --主婦都是一點一點的存私房錢。

2 ① ドロドロ--我還滿愛看有關不倫戀的連續劇。 ② ヤキモチ--對女友的吃醋感到很厭煩。 ③ 清楚系女子--聯誼的場合上，氣質型女生很受歡迎。 ④ こじらせ女子--交不到男朋友…只因為我是彆扭女嗎？ ⑤ ヌクメン--比起帥男，暖男比較好！

Part 4
手機篇

スマホ
su.ma.ho

意思 智慧型手機。

解說 「**スマ**」＝ スマート(smart，聰明；智慧)。
「**ホ**」＝ フォン(phone，電話)。

原句 「スマートフォン(smart phone)」的略稱。

其它 也可說成「スマフォ」。

例 もうスマホの無(な)い生活(せいかつ)には戻(もど)れないよ！
mo.o.su.ma.ho.no.na.i.se.i.ka.tsu.ni.wa.mo.do.re.na.i.yo
已經無法回到沒有智慧型手機的日子了。

ガラケー
ga.ra.ke.e

意思 日系手機。

解說 「**ガラ**」＝ ガラパゴス(Galapagos Islands，加拉巴哥群島)。
「**ケー**」＝ ケータイ(手機)。

原句 「ガラパゴスケータイ」的略稱。

例 やっぱりガラケーが使(つか)いやすい。
ya.p.pa.ri.ga.ra.ke.e.ga.tsu.ka.i.ya.su.i
還是日式手機比較好用。

和加拉巴哥群島有什麼關係？

位於太平洋東部的加拉巴哥群島，它不受其他島嶼影響，獨自發展出獨特的群島生物，就像日本發展出不同於全世界的手機潮流，獨自製造出獨特且多功能的手機一樣，並且擁有先進技術及在海外仍不普及的功能。也被稱為「多功能手機」、「功能型手機」。

アプリ
a.pu.ri

意思 手機應用軟體(app)。

原句 「アプリケーション(Application)」的略稱。

例 お勧(すす)めのアプリ教(おし)えて！
o.su.su.me.no.a.pu.ri.o.shi.e.te
跟我說有什麼推薦的應用軟體！

写(しゃ)メ
sha.me

意思 用手機拍照。

原句 「写(しゃ)メール(Sha-Mail)」的略稱。

其它 也可指手機拍下來的照片附件在郵件裡的功能。

例 一緒(いっしょ)に写(しゃ)メ撮(と)ろうよ！
i.s.sho.ni.sha.me.to.ro.o.yo
一起用手機拍張照吧！

タグ付(つ)け
ta.gu.tsu.ke

意思 標籤、標記、Tag。

解說 「タグ」：tag(標籤、標記)。
「付(つ)け」＝付(つ)ける(貼上、別上)。

例 タグ付(つ)けるよ！
ta.gu.tsu.ke.ru.yo
我標記你哦！

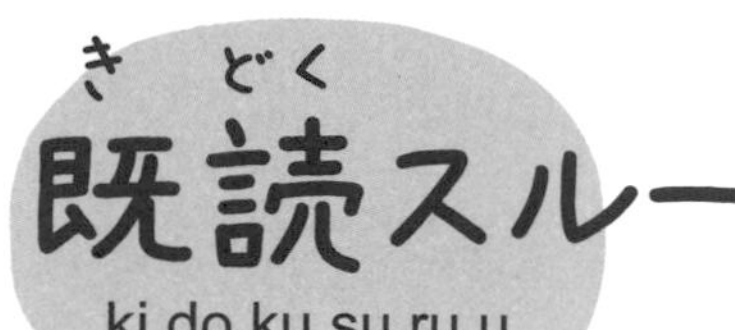

既読スルー（きどくスルー）

ki.do.ku.su.ru.u

嗚〜〜〜我被大家已讀不回了…

意思 已讀不回。

解說 「**既読**（きどく）」：已讀。

「**スルー**」＝ though(穿過；通過)，在此引申為忽略。

出自知名手機通訊軟體「LINE」，方便得知對方是否已經讀取訊息的「已讀」功能。

例 **既読**（きどく）**スルー**された。。

ki.do.ku.su.ru.u.sa.re.ta

被已讀不回。

反 未読（みどく）

スタンプ

su.ta.n.pu

意思 貼圖。

解說 「**スタンプ**」＝ stamp(印章)。

例 ラインの**スタンプ**を無料（むりょう）で手（て）に入（い）れた！

ra.i.n.no.su.ta.n.pu.o.mu.ryo.o.de.te.ni.i.re.ta

我免費得到LINE的貼圖了！

自撮り（じどり）
ji.do.ri

意思 自拍。

其它 也可稱「自分撮り（じぶんどり）」。

例 **自撮り**写真、送って！（じどりしゃしん、おく）
ji.do.ri.sha.shi.n、o.ku.t.te
傳張自拍照給我吧！

盛れる（もれる）
mo.re.ru

意思 呈現出來的效果比原本好、修飾。

常用 最常用在自拍。指拍起來特別好看。

其它 後也可接名詞，例如：「～アプリ(app)」、「～カラコン(彩色隱形眼鏡)」。

例 このアプリで自撮り（じどり）したら、めっちゃ**盛れ**（も）たよ。
ko.no.a.pu.ri.de.ji.do.ri.shi.ta.ra、me.c.cha.mo.re.ta.yo
用這個app軟體自拍，可以把自己拍得很好看。

歩きスマホ（あるきすまほ）
a.ru.ki.su.ma.ho

意思 邊走路邊玩手機、低頭族。

解說 「**歩き**（ある）」＝ 歩く（ある）(走路)。
「**スマホ**」：智慧型手機。

例 **歩きスマホ**（ある）は危（あぶ）ないから、やめて！
a.ru.ki.su.ma.ho.wa.a.bu.na.i.ka.ra、ya.me.te
不要邊走邊玩手機，這樣很危險！

練習看看！ 50

1 選選看：聽MP3，並從〔 〕中選出適當的單字。

〔A. アプリ　B. スマホ　C. 既読スルー　D. スタンプ　E. タグ付け〕

① 今(いま)じゃ、______を持(も)っていない人(ひと)は少(すく)ないだろう。

② 今(いま)、使(つか)いやすい______がたくさんあるよ。

③ 友達(ともだち)から______されると凹(へこ)む。

④ ライン______って可愛(かわい)いのたくさんありすぎる。

⑤ フェイスブックで勝手(かって)に______されるのってなんか嫌(いや)よねー。

2 填填看：聽MP3，並在______中填入適當的單字。

① __________しようとしたら、すごくブサイク。

② スマホで撮(と)った__________を年賀状(ねんがじょう)で使(つか)いたい。

③ __________をする人(ひと)は何(なに)を見(み)ているのか。

④ スマホは便利(べんり)だけど、通話(つうわ)はやっぱり__________だ。

⑤ このカラコンめっちゃ__________よ！

解答

1 ① B --現在沒智慧型手機的人應該很少了吧！ ② A --現在有很多好用的app！ ③ C --被朋友已讀不回，覺得很沮喪。 ④ D --LINE的貼圖有好多都很可愛。⑤ E --臉書被隨便標籤感覺很差。

2 ① 自撮り--想拍張自拍照看看，結果超醜。 ② 写メ--想用手機拍的照片做成年賀卡。 ③ 歩きスマホ--邊走邊用手機的人都在看些什麼呢？ ④ ガラケー--智慧型手機固然方便，但通電話還是日式手機最好！ ⑤ 盛れる--這個彩色隱形眼鏡戴起來效果超好！

Part 5
網路篇

意思 推特、Twitter。

注意 有很多因為不當發言，導致自己丟了工作，甚至可能還要公開道歉的例子，因此在推特上發表言論要特別小心。

例 ツイッターはバカ発見器(はっけんき)だよ。
tsu.i.t.ta.a.wa.ba.ka.ha.k.ke.n.ki.da.yo
推特是蠢蛋搜尋機。

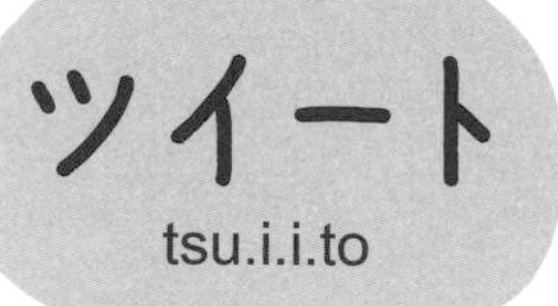

意思 在推特上發文。

解說 「ツイート」＝「tweet」（原意為形容小鳥的啾啾聲，在此指在推特上發極短文章的意思。）

其它 在推特上發出讓人傻眼的白癡發文的人，則稱為「バカッター（バカ＋ツイッター）」。

例 芸能人(げいのうじん)のツイートで炎上(えんじょう)した。
ge.i.no.o.ji.n.no.tsu.i.i.to.de.e.n.jo.o.shi.ta
搞笑藝人在推特上的發文被人灌爆了。

＊炎上(えんじょう)：因為某些爭議、不當言論遭到其他網友灌爆攻擊。

ようつべ
yo.o.tsu.be

意思 YouTube

解說 直接將英文的唸法用日文表示。

其它 專門拍YouTube影片當工作的人則稱為「ユーチューバー（youtuber）」。

例 ようつべチェックしてみてよ。
yo.o.tsu.be.che.k.ku.shi.te.mi.te.yo
你看一下YouTube。

ニコニコ動画

ni.ko.ni.ko.do.o.ga

意思 niconico動畫。

解說 「ニコニコ」：微笑。
簡稱「ニコ動」。

例 よく**ニコニコ動画**でアニメを見てた。
yo.ku.ni.ko.ni.ko.do.o.ga.de.a.ni.me.o.mi.te.ta
我常常用niconico動畫看卡通。

日本最大的影片分享網站。

意思 第二頻道。

解說 日本最大的網路論壇。

其它 簡稱「2ch」。

例 **2ちゃんねる**で情報収集する。
ni.cha.n.ne.ru.de.jo.o.ho.o.shu.u.shu.u.su.ru
在2ch上收集情報。

類似台灣的ptt。

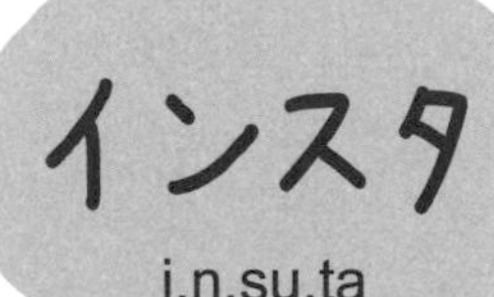

意思 Instagram

解說 免費提供上傳圖片及短訊的社交應用軟體。

原句 「インスタグラム（Instagram）」的略稱。

例 **インスタ**でたくさん「いいね！」もらった！
i.n.su.ta.de.ta.ku.sa.n.「i.i.ne!」mo.ra.t.ta
在IG上被很多人按讚！

ネカフェ

ne.ka.fe

意思 網咖。

解說 「**ネ**」＝ インタネット（internet，網路）。

「**カフェ**」：cafe（咖啡廳）。

原句 「ネットカフェ（net cafe）」的略稱。

例 ネカフェで休憩（きゅうけい）しようよ。

ne.ka.fe.de.kyu.u.ke.i.shi.yo.o.yo

我們到網咖休息一下吧。

類 漫画喫茶（まんがきっさ）

ネットカフェ難民（なんみん）

ne.t.to.ka.fe.na.n.mi.n

意思 網咖難民。

例 ネットカフェ難民（なんみん）は社会問題（しゃかいもんだい）です。

ne.t.to.ka.fe.na.n.mi.n.wa.sha.ka.i.mo.n.da.i.de.su

網咖難民已成為社會問題。

類 「マック難民（なんみん）」：麥難民，到24小時麥當勞過夜的人。

漂流的貧困者們？

在日本，網咖難民是指由於各種原因（欠租、家庭問題、遭到資遣等），失去住所，轉而投宿在24小時營業的網咖或漫畫喫茶的人。自2007年起，日本的傳媒用這個名詞取代遊民。因為和一般年紀大有求職困難或沒有意願求職的露宿者不同，大多數的網咖難民都是有心就業，但礙於居無定所，只能做些領日薪的臨時工作。

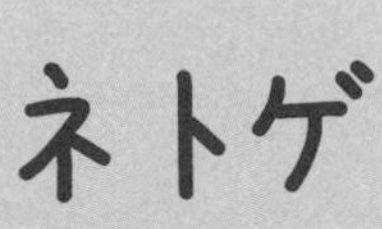

ネトゲ

ne.to.ge

意思 網路遊戲。

解說 「**ネト**」＝ ネット（net，網路）。

「**ゲ**」＝ ゲーム（game，遊戲）。

原句 ネットゲーム（net game）的略稱。

其它 也可稱オンラインゲーム（online game，線上遊戲）。

例 **ネトゲ廃人（はいじん）がネカフェに溢（あふ）れている。**
ne.to.ge.ha.i.ji.n.ga.ne.ka.fe.ni.a.fu.re.te.i.ru
網咖裡到處都是網遊廢人。

＊ネトゲ廃人（はいじん）：過度沉迷於網路遊戲的人。

掲示板（けいじばん）

ke.i.ji.ba.n

意思 電子佈告欄、BBS。

原句 「電子掲示板（でんしけいじばん）」的略稱。

例 **この掲示板（けいじばん）炎上（えんじょう）してるね。**
ko.no.ke.i.ji.ba.n.e.n.jo.o.shi.te.ru.ne
這個佈告欄被灌爆了。

カキコ

ka.ki.ko

意思 輸入、寫入。

原句 「書（か）き込（こ）み」的略稱。

注意 主要指在電子佈告欄上的留言。

例 **今（いま）掲示板（けいじばん）にカキコしてる。**
i.ma.ke.i.ji.ba.n.ni.ka.ki.ko.shi.te.ru
現在正在佈告欄上輸入文字。

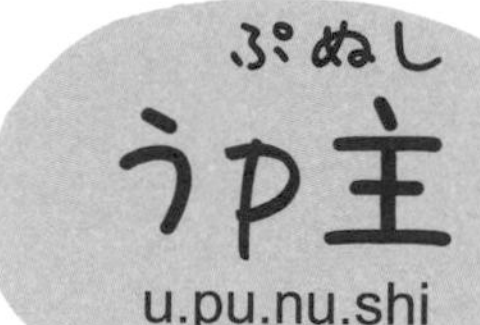

意思 原po、版大。

解說 「うp（ぷ）」＝ アップロード（upload，上傳）。

「主（ぬし）」：擁有人；主人。

原句 「アップロード主（ぬし）」的略稱。

常用 指在網路上po動畫或音樂的人。

例 **うp主（ぷぬし）感謝（かんしゃ）です。**

u.pu.nu.shi.ka.n.sha.de.su

感謝版大。

きじょ
鬼女
ki.jo

意思 鬼女。

解說 原指「既女（きじょ）（已婚女性）」。

原句 「既婚女性（きこんじょせい）」的略稱。

例 **鬼女（きじょ）の情報力（じょうほうりょく）はCIA並（なみ）だよ。**

ki.jo.no.jo.o.ho.o.ryo.ku.wa.shi.i.a.i.e.i.na.mi.da.yo

鬼女的情報根本就是CIA等級。

能力強大，超乎想像？

將原指「既女（きじょ）（已婚女性）」的「既（き）」替換成同音不同字的「鬼（き）」，起源自日本網路論壇「2ch」的「既婚女性掲示板（きこんじょせいけいじばん）（人妻板）」，板上多半為主婦話題（八卦、連續劇劇情等等），但這些人妻在部分領域上擁有強大的情報收集能力，且對於某些議題能提出獨到見解與評論，因此把這群不可輕視的人妻統稱為「鬼女（きじょ）」，表示像鬼一般擁有強大的情報收集能力。雖然這個字沒有惡意，但「鬼女」給人負面印象，在使用時要特別注意，小心得罪人。

ネカマ
ne.ka.ma

意思 **在社群網站上偽裝成女性的男性。**

解說 「**ネ**」＝ インターネット（internet，網路）。
「**カマ**」＝ おかま（人妖）。

原句 「ネットおかま」的略稱。

例 **ネカマはSkype（スカイプ）を嫌（いや）がる。**
ne.ka.ma.wa.su.ka.i.pu.o.i.ya.ga.ru
網路人妖最討厭上Skype（馬上就露餡了）。

反 ネナベ：「ネットおなべ」的略稱。
＊おなべ：女扮男裝的人。

電波（でんぱ）
de.n.pa

意思 **怪人、怪人的發言。**

例 **アイツまた電波（でんぱ）発（はっ）してるよ。**
a.i.tsu.ma.ta.de.n.pa.ha.s.shi.te.ru.yo
那傢伙又在那裡發瘋了。

之所以用電波作為形容，是出自許多自稱患有精神疾病的隨機殺人魔，他們在偵訊的時候，常會說出「突然有電波進入我的腦袋」、「我是受到電波的控制」等口供，因此被作為形容在網路上出沒的怪人或是言行舉止接近犯罪的人。

スレ民（みん）
su.re.mi.n

意思 **類似台灣所稱的網路鄉民。**

解說 「**スレ**」＝ スレッド（thread，線），
這裡指回應欄。
「**民（みん）**」：住民。

例 **雑談（ざつだん）スレで質問（しつもん）したら、スレ民（みん）が沢山回答（たくさんかいとう）してくれた。**
za.tsu.da.n.su.re.de.shi.tsu.mo.n.shi.ta.ra、su.re.mi.n.ga.ta.ku.sa.n.ka.i.to.o.shi.te.ku.re.ta
到閒聊版發問，有好多鄉民幫忙解惑。

覺醒的時刻到了！我要打破這不公平的世界！

意思 中二病。

解說 「中二（ちゅうに）」＝ 中学二年生（ちゅうがくにねんせい）
（國二生，約14歲左右）。
比喻青春期少年過於自以為是的特別言行。

其它 也可寫作「厨二病（ちゅうにびょう）」。
「**裏中二病**（うらちゅうにびょう）」：過度意識中二病的行為，變得沒有行動力的人。
「**高二病**（こうにびょう）」：會去批評、嘲笑中二病的人。有種五十步笑百步的感覺。
「**大二病**（だいにびょう）」：嘲笑或是批評那些取笑中二病的高二病。（有點饒口，但也是一樣五十步笑百步。）

例 中二病（ちゅうにびょう）炸裂（さくれつ）してるなw。
chu.u.ni.byo.o.sa.ku.re.tsu.shi.te.ru.na
你的中二病又開始發作了喔（笑）

國二生要不要來辯解一下？

所謂的中二病，指的是青少年在青春期特有的思想、行動、價值觀的總稱。
在成熟與幼稚之間產生的矛盾，導致成長過程中發生類似「熱病」的精神狀態，比喻為「症狀」。「發病」時期約在國中二年級前後，故稱為「中二病」，而把有這種情況的人稱為「中二病患者（ちゅうにびょうかんじゃ）（初二症患者）」。雖然稱為「病」，但和醫學上的「疾病」沒有任何關係。

「中二病」的症狀如下：

1. 一味模仿虛擬人物的言行。
2. 放上一些不經大腦的犯罪性文章或影片，目的是為了吸引眾人注意；利用網路論壇咆哮謾罵，中傷欺負他人。
3. 仇視現實且愛無病呻吟，不滿自己的家庭、並怪罪整個世界。

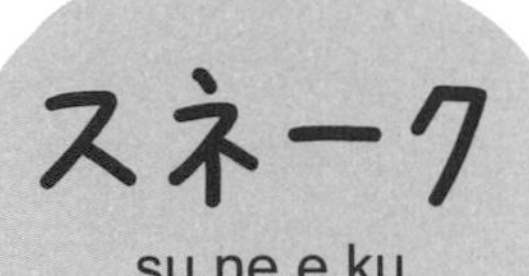

スネーク

su.ne.e.ku

意思 匿名操作、潛入。

解說 「スネーク」: snake(蛇)。

例 こちら**スネーク**。潜入(せんにゅう)に成功(せいこう)した。
ko.chi.ra.su.ne.e.ku。se.n.nyu.u.ni.se.i.ko.o.shi.ta
進行潛行。順利潛入成功!

從電玩遊戲潛龍諜影系列中的虛擬人物ソリッド・スネーク(Solid Snake，索利德・斯內克)而來。

アク禁(きん)

a.ku.ki.n

意思 禁止登入、封鎖、鎖帳號。

解說 「アク」＝アクセス(access，進入；通道)。
「禁(きん)」＝禁止(きんし)。

原句 「アクセス禁止(きんし)」的略稱。

例 荒(あ)らしをやりすぎて**アク禁**食(く)らった。
a.ra.shi.o.ya.ri.su.gi.te.a.ku.ki.n.ku.ra.t.ta
耍白目過頭結果被封鎖了。

類 ブロック

自演(じえん)

ji.e.n

意思 分身ID。

原句 「自作自演(じさくじえん)」的略稱。

例 **自演**乙(じえんおつ)。
ji.e.n.o.tsu
自導自演辛苦了!

 指一個人同時申請多組帳號，並在網路上不停替換角色。

拡散（かくさん）
ka.ku.sa.n

意思 散佈消息、幫高調。

例 拡散（かくさん）を希望（きぼう）します。
ka.ku.sa.n.o.ki.bo.o.shi.ma.su
希望能幫忙轉發（散佈消息）。

請大家告訴大家！

出自推特（twitter）網路社群，用來作為希望情報或訊息能透過他人的轉發，快速讓所有人知道的用語。通常在發文的主題前標上【拡散希望（かくさんきぼう）】，如果事態緊急可以在前面加上「超（ちょう）」、「緊急（きんきゅう）」等。

悲報（ひほう）
hi.ho.o

意思 壞消息。

例 悲報（ひほう）：コンサートチケットを忘（わす）れた。
hi.ho.o:ko.n.sa.a.to.chi.ke.t.to.o.wa.su.re.ta
壞消息：演唱會門票忘了帶。

反 朗報（ろうほう）

請大家告訴大家！

在情報網站、推特、電子佈告欄等，發文主題前常會打上【悲報】。本指壞消息，但在此帶有個人任意下結論的意思，有些甚至可能帶有嘲笑、諷刺的意味。例如某某人氣女星近況不佳、喜愛的演員竟然結婚了等等。除此之外，也有些人會拿來作為調侃自己使用，例如自己遇到倒霉事或是這個月薪水花光了等。

意思 釣魚新聞、釣魚訊息。

解說 「釣（つ）り」：釣魚。

刻意捏造和事實無關的問題（誘餌），騙取許多回應（魚）的行為。

例 釣（つ）りですか？
tsu.ri.de.su.ka
這是騙人的吧。

デマ
de.ma

意思 謠言。

原句 出自德文「demagogic」的略稱。

例 ネット上(じょう)のデマに騙(だま)された。
ne.t.to.jo.o.no.de.ma.ni.da.ma.sa.re.ta
被網路上的謠言給騙了。

你曾經被網路謠言騙過嗎？

網路資訊發達，隨時可以得知、掌握各種訊息，也可以讓消息迅速讓所有人知道。但在幫忙轉發、分享文章的同時，要小心部分有心人士的惡意濫用，散播不實消息。

ステマ
su.te.ma

意思 秘密行銷、業配文。

原句 「ステルスマーケティング(stealth marketing)」的略稱。

例 これ、絶対(ぜったい)ステマでしょう！
ko.re、ze.t.ta.i.su.te.ma.de.sho.o
這個一定是業配文！

怎麼個秘密法？

企業可能控制或透過收買評論網站、部落客，幫忙撰寫推薦文，或是請網站刪除負評只保留好評價、並且喬裝成第三者對特定企業或產品做出誇讚的評價。

スパム
su.pa.mu

意思 垃圾留言。

解說 「**スパム**」：spam（廣告信、大宗郵件）。

原句 「スパムコメント（spam comment）」的略稱。

例 ブログに**スパム**が入(はい)ってきてしまった。
bu.ro.gu.ni.su.pa.mu.ga.ha.i.t.te.ki.te.shi.ma.t.ta
部落格被垃圾留言侵入了。

ネチケット
ne.chi.ke.t.to

意思 網路禮節。

解說 「**ネ**」＝ ネットワーク（network，電腦網絡）。

「**チケット**」＝ エチケット（etiquette，禮節、禮儀）。

例 **ネチケット**は守(まも)ろうね。
ne.chi.ke.t.to.wa.ma.mo.ro.o.ne
要遵守網路禮儀。

乙(おつ)
o.tsu

意思 辛苦了。

原句 「おつかれさま」的略稱。

常用 在網路上慰勞他人時使用。

例 **乙**(おつ)でした！
o.tsu.de.shi.ta
辛苦你了！

Mimi
這期No-non的穿搭超好看！

Liyu
我也買了！約會穿搭很實用！

Hana
不好意思插話一下，封面那個女生是不是也有演晨間劇？

意思 插話。

解說 「**横**（よこ）」＝ 横槍（よこやり）を入（い）れる（插嘴）。

「**レス**」＝ レスポンス（response，回答、應答）。

例 **横（よこ）レス**ですいません。
yo.ko.re.su.de.su.i.ma.se.n
不好意思我插個話。

意思 從網路上下載的圖片

解說 「**拾い**（ひろい）」：撿、拾，拾（ひろ）う的連用形。

「**画**（が）」＝ 画像（がぞう）（圖片）。

原句 「拾（ひろ）って手（て）に入（い）れた画像（がぞう）（撿來的圖片）」的略稱。

#拾い画⚠

例 **拾（ひろ）い画（が）**です。
hi.ro.i.ga.de.su
這是網路圖片。

類 無断転載（むだんてんさい）

圖片用撿的？

在推特等社群網站上，時常出現「拾い画」。透過網路可以搜尋到各種圖片，而且很輕易就能將圖片下載到電腦或手機裡，但是如果任意將這些圖片重新以個人的名義PO上網，很容易就會遭人指控侵權，因此在使用圖片時，要記得註明出處，以避免讓自己惹上麻煩。

ディスる
di.su.ru

意思 輕視、蔑視。

解說 「**ディス**」＝ ディスリスペクト（disrespect）＋「る」作動詞化。

其它 也可寫為「disる」、「でぃする」。英文說法為「diss」。

例 そんなに私(わたし)の彼(かれ)のことディスらないでよ。
so.n.na.ni.wa.ta.shi.no.ka.re.no.ko.to.di.su.ra.na.i.de.yo
別瞧不起我的男朋友嘛。

源自美國hip-hop饒舌歌手在歌詞裡批判、揶揄其他歌手、名人的字眼。

ネガキャン
ne.ga.kya.n

意思 抹黑攻擊。

解說 「**ネガ**」＝ ネガティブ（negative，否定的）。

「**キャン**」＝ キャンペーン（campaign，戰爭、競選）。原為選舉戰術。

原句 「ネガティブキャンペーン（negative campaign）」的略稱。

注意 多半會適得其反，反而讓自己的形象變差。

例 ネガキャンしたら自分(じぶん)の評価(ひょうか)も下(さ)がってしまった。
ne.ga.kya.n.shi.ta.ra.ji.bu.n.no.hyo.o.ka.mo.sa.ga.t.te.shi.ma.t.ta
到處抹黑攻擊人自己的評價也會變差。

フォトショ
fo.to.sho

意思 Photoshop、Ps。

原句 「フォトショップ(Photoshop)」的略稱。

例 履歴書(りれきしょ)の顔(かお)はフォトショで加工済(かこうず)みだよ。
ri.re.ki.sho.no.ka.o.wa.fo.to.sho.de.ka.ko.o.zu.mi.da.yo
履歷表上的大頭照用Ps修過。

情弱(じょうじゃく)
jo.o.ja.ku

意思 情報貧乏的人。

原句 「情報弱者(じょうほうじゃくしゃ)」的略稱。

注意 帶有輕蔑的口吻。

Gu-Gure

Serch

例 情弱(じょうじゃく)はググれ。
jo.o.ja.ku.wa.gu.gu.re
情報弱者給我上google自己查。

デフォ
de.fo

意思 理所當然，普通、基本的。

原句 「デフォルト(default)」的略稱。

例 この使(つか)い方(かた)がデフォだよ。
ko.no.tsu.ka.i.ka.ta.ga.de.fo.da.yo
這個使用方法很普通。

英文原意為「缺席」、「債務不履行」，但在網路上，就變成電腦用語「重灌」「初始化」的意思。 後來又漸漸轉為指日常生活上的事情，有「和平常一樣」、「呈現原本的狀態」等的意思。

あーね
a.a.ne

意思 **原來喔、這樣喔。**

原句 「あ、なるほどね。」的略稱。

注意 雖然有表示認同，但有時候是表示敷衍的意思。

其他 也為九州地方的方言。

例 **あーね！おっけ！ありがとー。**
a.a.ne! o.k.ke! a.ri.ga.to.o
這樣喔！OK！謝啦！。

それな
so.re.na

意思 **同感、認同。**

解說 源自關西腔。

原句 「そうだよね。」的略稱。

例 A：「あの店（みせ）はあまり美味（おい）しくないよね。」
a.no.mi.se.wa.a.ma.ri.o.i.shi.ku.na.i.yo.ne。
B：「**それな**！」
so.re.na
A：「那家店不是很好吃。」
B：「認同！」

かまってちょ
ka.ma.t.te.cho

意思 **理我、陪陪我。**

解說 「**かまって**」＝構（かま）う（在意、介意）。
「**ちょ**」＝ちょうだい（給～）。

原句 「かまって、ちょうだい」的略稱。

常用 為女性用語。

例 **誰（だれ）かかまってちょ。**
da.re.ka.ka.ma.t.te.cho
誰來陪我聊聊天。

意思 總之。

解說 「**とり**」＝ とりあえず（總而言之）。

「**ま**」＝ まあ（先、總之）。

源為辣妹用語。

原句 「とりあえず、まあ」的略稱。

常用 除了作副詞用外，也有以形容詞的形式出現，例：「とりま日記（にっき）」、「とりまプロフ」。

例 とりま、お茶（ちゃ）しよう。

to.ri.ma、o.cha.shi.yo.o

總之，先去喝杯茶吧。

意思 嘿嘿（吐舌）。

解說 「**てへ**」＝ テヘッと（嘿嘿，表示害羞）。

「**ぺろ**」＝ ぺろっと（指吐舌頭的動作）。

例 お金使（かねつか）いすぎちゃった！てへぺろ。

o.ka.ne.tsu.ka.i.su.gi.cha.t.ta! te.he.pe.ro

不小心花太多錢了！嘿嘿（吐舌）

用裝可愛化解尷尬？

2009年由日本知名聲優・日笠陽子在個人部落格上使用後，逐漸廣為流行。完整寫法為「てへぺろ☆」，表情符號則為(・ω<)。

價格：25,820元（免運）
數量：1

放入購物車

ポチッ！

意思 指在網購上按下購買鍵的動作。

解說 「**ポチ**」＝ ポチッ（形容按下按鈕的聲音）＋「る」作動詞用。

其它 也指在網路商店上很輕易就能買東西的意思。

例 アマゾンでカメラを**ポチった**。
a.ma.zo.n.de.ka.me.ra.o.po.chi.t.ta
在Amazon買了相機。

リア充(じゅう)

ri.a.ju.u

意思 生活充實。

解說 「**リア**」＝ リアル（real，真正的、衷心的）。
「**充**(じゅう)」：充実(じゅうじつ)。

原句 「リアル（現実(げんじつ)）の生活(せいかつ)が充実(じゅうじつ)している人物(じんぶつ)（在現實生活中過得很充實的人）」的略稱。

例 リア充(じゅう)がまぶしすぎて見(み)れない。
ri.a.ju.u.ga.ma.bu.shi.su.gi.te.mi.re.na.i
現實生活過得太充實，耀眼得看不清楚。

你的生活充實嗎？

源自2005年日本網路論壇2ch的生活板，起初叫做「リアル充実組(じゅうじつぐみ)」，2006年開始簡稱為「リア充(じゅう)」，逐漸在社群網站上廣為流行。當初是由沉溺於網路社群的網民，對自己在現實生活中過得不充實的狀況，作自我解嘲的用語。

二次元（にじげん）

ni.ji.ge.n

意思 **指動漫裡的世界或動漫人物。**

其它 「**三次元**（さんじげん）」：現實生活與人。

例 二次元（にじげん）に本気（ほんき）の本気（ほんき）で恋（こい）をしている。
ni.ji.ge.n.ni.ho.n.ki.no.ho.n.ki.de.ko.i.o.shi.te.i.ru
我是真的真的愛上了動漫人物。

＊二次元（にじげん）コンプレックス：二次元控。

將時間、空間以二次元（虛擬且平面）、三次元（現實且立體）的方式表現。

次元（じげん）が違（ちが）う

ji.ge.n.ga.chi.ga.u

意思 **層次不同；等級不同。**

解說 「**次元**（じげん）」：在此指程度、水準。

「**違う**（ちがう）」：不一樣、不同。

指在實力、能力上優越於人，並且是超過一般人所及的程度。

例 すごい！私（わたし）たちとはまるで次元（じげん）が違（ちが）う。
su.go.i! wa.ta.shi.ta.chi.to.wa.ma.ru.de.ji.ge.n.ga.chi.ga.u
好強！和我們完全是不同等級。

カオス

ka.o.su

意思 混亂、沒有秩序。

解說 源自希臘神話。
英語：chaos

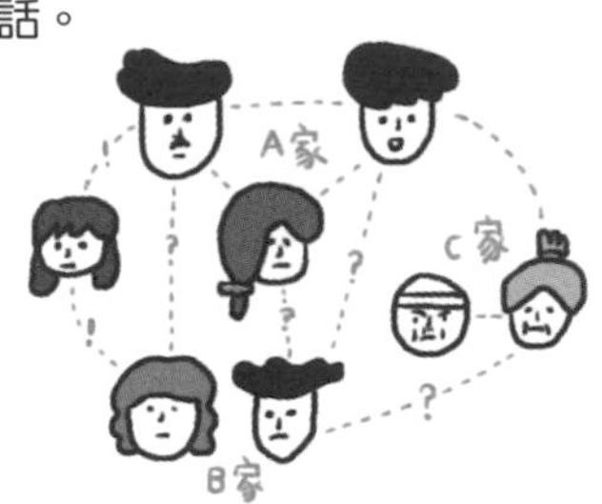

例 このドラマの設定(せってい)が**カオス**すぎるw。
ko.no.do.ra.ma.no.se.t.te.i.ga.ka.o.su.su.gi.ru
這部連續劇的安排太讓人混亂了（笑）。

オワタ

o.wa.ta

意思 完了、糟了。

解說 「終(お)わった」→「オワッタ」→「オワタ」。

原句 「終(お)わった」的略稱。

例 今日(きょう)はバイトなのに寝坊(ねぼう)した。**オワタ**。
kyo.o.wa.ba.i.to.na.no.ni.ne.bo.o.shi.ta。o.wa.ta
今天要打工卻睡過頭。我完了。

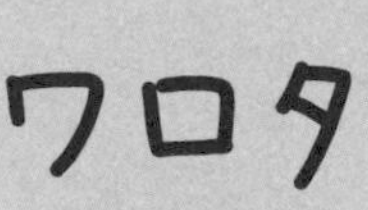

ワロタ

wa.ro.ta

意思 笑了。

解說 「笑(わら)った」→「わらった」→「わらた」→「わろた」→「ワロタ」。
源自關西腔「わろてもうた(笑(わら)ってしまった，我笑了。)」。

例 その会社(かいしゃ)がブラックすぎて**ワロタ**ww。
a.no.ka.i.sha.ga.bu.ra.k.ku su.gi.te.wa.ro.ta
那家公司太黑心，讓我笑了。

常用 「～すぎてワロタ」。指對於人事物太過於～的狀況，而不經意或不由得笑出來的意思。

其它 「久々(ひさびさ)にワロタ。」日本網路上知名的ＡＡ字符畫之一。

意思 要結束了。

解說 「**オワ**」＝終わった（結束）。
「**コン**」＝コンテンツ（contents，內容。在此泛指媒體、電影、動漫、音樂等創意產業的總稱）。

原句 「終わったコンテンツ」的略稱。

例 あのアイドルはもう**オワコン**だね。
a.no.a.i.do.ru.wa.mo.o.o.wa.ko.n.da.ne
那個偶像應該很快就不紅了吧。

紅及一時，曇花一現？

指創意產業，例如偶像明星、動漫、電影、音樂等，雖紅極一時，卻已經失去魅力、話題性。有不看好的心態或是帶有揶揄、諷刺的語氣。

意思 笑。

解說 「w（笑う的略稱）」看起來就像長了草，於2010年被廣為使用。

常用 主要常出現在2ch上。

例 草不可避。
ku.sa.fu.ka.hi
爆笑。

草不可避？

網路上常常可以看到「w」表示有趣，而表示非常好笑時，就會使用「wwwww」，看起來就像長了一堆草，因此「草不可避（爆笑）」即指「草を生やすことを避けることができないくらい面白い（就像無法避免草不斷長出來一樣的有趣）」。

1 選選看：聽MP3，並從〔　〕中選出適當的單字。

〔A. ネカフェ　B. インスタ　C. ネチケット　D. ツイッター　E. スパム〕

① 毎日（まいにち）＿＿＿からニュースを読（よ）んでいる。

② 最近（さいきん）は、よく＿＿＿のほうに写真（しゃしん）をアップしている。

③ ＿＿＿が多（おお）すぎて、嫌気（いやけ）がさしてくるよ。

④ 以前（いぜん）に比（くら）べて、＿＿＿を守（まも）らない人（ひと）が多（おお）すぎ。

⑤ 最近（さいきん）の＿＿＿は、設備（せつび）がすごいんだよ。

2 填填看：聽MP3，並在＿＿＿中填入適當的單字。

① SNSは＿＿＿＿＿自慢（じまん）が多（おお）い。

② あなたとは＿＿＿＿＿からね。

③ SMAP解散（かいさん）って＿＿＿＿＿じゃないの？

④ 食後（しょくご）のコーヒー。＿＿＿＿＿でお菓子（かし）がつく。

⑤ 疲（つか）れすぎて軽率（けいそつ）に＿＿＿＿＿。

解答

1 ① D --每天都在推特上看新聞。　② B --最近比較常在IG上傳照片。　③ E --垃圾留言太多，可是會惹人厭的！　④ C --和以前相比，現在有太多人都不遵守網路秩序。　⑤ A --最近的網咖，設備都很厲害。

2 ① リア充--SNS很多都是在炫耀生活充實。　② 次元が違う--我和你的程度可不一樣。　③ デマ--SMAP解散不是假消息嗎？　④ デフォ--餐後咖啡，附上基本的點心　⑤ ポチる--太累了很容易就下標買東西。

Part 6
外型篇

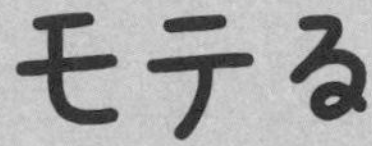

mo.te.ru

意思 **指很受人歡迎、喜愛。**

解說 漢字為「持（も）てる」（有保持得住、拿得動、受歡迎的意思）。

例 **モテるために色々（いろいろ）頑張（がんば）った。**
mo.te.ru.ta.me.ni.i.ro.i.ro.ga.n.ba.t.ta
為了受歡迎，下了很多功夫。

原來本來有漢字？

モテる的漢字為「持（も）てる」，同時有保持得住、拿得動、受歡迎的意思。
在日本江戶時代就出現的說法，只是當時普遍使用漢字「持（も）てる」，直到昭和時代開始才出現片假名的寫法。現在的普遍用法則將寫法、意思分開：「持（も）てる（保持得住、拿得動）」、「モテる（受到歡迎、喜愛）」。

ルックス

ru.k.ku.su

意思 **指長相、外表。**

解說 出自英文的「looks」（容貌）。

例 **俳優（はいゆう）はルックスが命（いのち）。**
hi.i.yu.u.wa.ru.k.ku.su.ga.i.no.chi
演員是靠臉蛋吃飯。

にまいめ 二枚目 ni.ma.i.me

意思 美男子。

解說 出自日本歌舞伎用語。

例 あなたが思(おも)う**二枚目**(にまいめ)俳優(はいゆう)って誰(だれ)？
a.na.ta.ga.o.mo.u.ni.ma.i.me.ha.i.yu.u.t.te.da.re
你心目中的美男演員是誰？

完全搶盡主角鋒頭？

日本上方歌舞伎會在劇場前公佈八張看板，一枚目為主角、二枚目為美男角色，三枚目則為丑角。但通常在對話上不太會說一枚目，比較常用二枚目和三枚目。

其他剩下的看板角色如下：四枚目為關鍵人物、五枚目為反派角色、六枚目為反派角色(但比較討喜)、七枚目為反派首領、八枚目則是首領、頭目。

*上方歌舞伎(かみがたかぶき)：日本江戶時代歌舞伎的兩大勢力之一，發源於京阪一帶，明治維新後同時也被稱為關西歌舞伎。主要以和事(わごと)(戀愛)的劇情為主。

とうめいかん 透明感 to.o.me.i.ka.n

意思 給人清新的感覺。

解說 指皮膚漂亮、帶給人乾淨的感覺。

例 彼女(かのじょ)はすごく**透明感**(とうめいかん)がある！
ka.no.jo.wa.su.go.ku.to.o.me.i.ka.n.ga.a.ru
她給人的感覺非常清新。

日本人氣女星新垣結衣被視為最具有透明感的代表。

オシャンティー

o.sha.n.ti.i

意思 **時髦。**

解說 「**オシャンティー**」＝「オシャレな人（ひと）」→「オシャレ＋ティー」。

「**オシャレな人（ひと）**」：時髦的人。

「**ティー**」：～的人。出自英文接尾詞「-ee」。

常用 10～20歲的女性特別喜歡使用。

其它 除了指人之外，也可指事物。

例 **その髪型（かみがた）オシャンティーだね！**

so.no.ka.mi.ga.ta.o.sha.n.ti.i.da.ne

這個髮型好時髦哦！

あかぬけ

a.ka.nu.ke

意思 **有型、精緻、脫俗。**

解說 「**あか**」＝垢（あか）（污垢）。

「**ぬけ**」＝抜（ぬ）ける（去除）。

例 **なんか最近（さいきん）、あか抜（ぬ）けたね。**

na.n.ka.sa.i.ki.n、a.ka.nu.ke.ta.ne

總覺得你最近變得很有型。

ブサカワ

bu.sa.ka.wa

意思 醜萌。

解說 「ブサ」：ブサイク（醜、難看）。

「かわ」：かわいい（可愛）。

例 この猫ちゃん超ブサカワだね！

ko.no.ne.ko.cha.n.cho.o.bu.sa.ka.wa.da.ne

這隻貓咪真是醜萌耶！

ガリガリ

ga.ri.ga.ri

意思 骨瘦如柴。

解說 出自佛教用語。

例 昔、病気かと思われるくらいガリガリだった。

mu.ka.shi、byo.o.ki.ka.to.o.mo.wa.re.ru.ku.ra.i.ga.ri.ga.ri.da.t.ta

以前瘦到別人以為我生病了。

看起來很餓？

源自佛家用語的「ガリガリ」，漢字為「我利我利」，意指生前只顧追求己利，死後化作為餓鬼，其餓鬼消瘦的模樣就被拿來指身材相當瘦的人。

ブサイク

bu.sa.i.ku

意思 指長相不佳、醜。

例 ブサイクでも生(い)きてるんだよ！
bu.sa.i.ku.de.mo.i.ki.te.ru.n.da.yo
長得醜也是人啊！

原指「細工(さいく)（工藝品）」有瑕疵的意思，轉而拿來指物品不精細、以及人的外貌。

ブス

bu.su

意思 醜女。

常用 特別指女性。

其它 也可指內在。

例 ブスだけど可愛(かわい)くなりたい！。
bu.su.da.ke.do.ka.wa.i.ku.na.ri.ta.i
雖然是醜女，但我想變可愛！

原來是吃到毒藥？

「ブス」漢字寫作「附子」，為強心劑、鎮痛劑的藥材，因為藥材帶有劇毒，若沒經過處理直接服用，會導致神經痲痺。而藥材的毒性帶來的苦味以及臉部神經痲痺時的表情，就被引申為醜的意思。語源眾說紛紜，但此為較有力的說法。

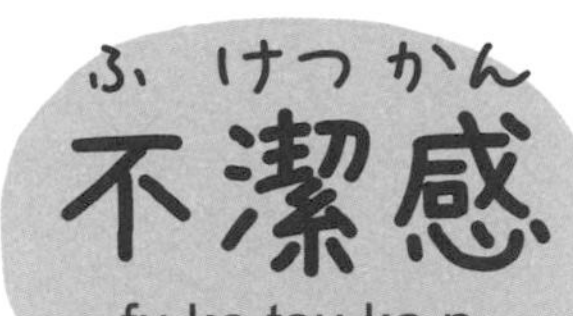

意思 感覺髒髒的。

例 ヒゲが生(は)えたら**不潔感(ふけつかん)**半端(はんぱ)ない。
hi.ge.ga.ha.e.ta.ra.fu.ke.tsu.ka.n.ha.n.pa.na.i
鬍子長出來的話感覺髒髒的。

反 清潔感(せいけつかん)

キモい
ki.mo.i

意思 噁心。

其它 也可說成「キモ」。後面可接名詞。例如「キモ男(おとこ)」。

原句 「気持(きも)ち悪(わる)い」的略稱。

例 あの芸人(げいにん)**キモい**よね～
a.no.ge.i.ni.n.ki.mo.i.yo.ne
那個搞笑藝人很噁心。

デブ
de.bu

意思 胖子。

例 **デブ**だから暑(あつ)さに弱(よわ)い。
de.bu.da.ka.ra.a.tsu.sa.ni.yo.wa.i
胖子不耐熱。

胖子胖子胖子？

江戶時代就開始使用的擬態語「でっぷり」(肥滿)，經過簡略、不斷複誦後變成「でぶでぶ」，名詞化後，成為現在常講的「デブ」。

ツーブロック

tsu.u.bu.ro.k.ku

意思 剃鬢角髮型。

解說 「ツー」＝two（二、兩個）。

「ブロック」＝block（塊）。

例 今(いま)の髪型(かみがた)はツーブロックです。
i.ma.no.ka.mi.ga.ta.wa.tsu.u.bu.ro.k.ku.de.su
我現在的髮型是兩邊鬢角都剃掉。

為何是兩塊？

指頭髮上方較長，兩側鬢角較短的髮型，由於呈現出兩個區塊而稱有此稱呼。日本在80年代後半～90年代初期開始在男性之間流行，之後延伸出各種造型，再加上許多演員、歌手、運動選手的加持之下，成為許多人指定的人氣剪髮造型。

ギャランドゥ

gya.ra.n.du

意思 指肚臍周圍的體毛。

注意 指男性。

例 ギャランドゥが濃(こ)くて、脱毛(だつもう)したい。
gya.ra.n.du.ga.ko.ku.te、da.tsu.mo.o.shi.ta.i
肚臍周圍的毛好濃，想去做脫毛手術。

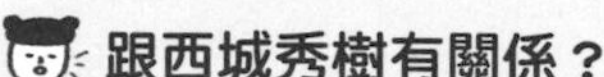

跟西城秀樹有關係？

「ギャランドゥ」出自1993年日本知名男歌手西城秀樹的新單曲名稱，原指成熟充滿魅力的女性，但是據說西城秀樹參加偶像泳衣大會時的泳裝造型（也有一說是西城秀樹在演唱該單曲時穿的服裝），被發現肚臍以下的體毛特別顯目，之後就轉為將「ギャランドゥ」指為肚臍下方的體毛。

バーコードハゲ

ba.a.ko.o.do.ha.ge

意思 **條碼頭、指髮型像條碼一樣。**

解說 「**バーコード**」＝barcode（條碼）。

「**ハゲ**」：禿頭。

其他 也可指瀏海，稱為「バーコード前髪（まえがみ）」。

例 ねえ、見（み）て。あの人（ひと）**バーコードハゲ**だよ。

ne.e、mi.te。a.no.hi.to.ba.a.ko.o.do.ha.ge.da.yo

誒，你看。那個人是條碼頭耶。

プリン

pu.ri.n

意思 **布丁頭。**

解說 「**プリン**」：pudding（布丁）。

指染髮後，黑髮長出來的模樣。

例 やっと今日（きょう）この**プリン**から卒業（そつぎょう）できる。

ya.t.to.kyo.o.ko.no.pu.ri.n.ka.ra.so.tsu.gyo.o.de.ki.ru

今天終於要脫離布丁頭了！

メガネっ娘(こ)

me.ga.ne.k.ko

意思 眼鏡妹。

解說 「メガネ」：眼鏡。

「娘(むすめ)」：少女、女生。

常用 在動漫裡常見的角色。戴眼鏡的印象和個性的反差，特別給人可愛的感覺。

其它 在此指20歲以下的眼鏡妹。超過20歲則稱為「メガネ女子(じょし)」。

例 メガネっ娘(こ)はツンデレがデフォだよ。

me.ga.ne.k.ko.wa.tsu.n.de.re.ga.de.fo.da.yo

眼鏡妹通常都很傲嬌。

本來也有指男生？

原本不分男女，只要有戴眼鏡都稱「メガネっ子(こ)」，之後「子」被改作「娘」，成為專指戴眼鏡的女生。

伊達(だて)眼鏡(めがね)

da.te.me.ga.ne

意思 裝飾眼鏡。

解說 「伊達(だて)」＝伊達政宗(だてまさむね)（日本戰國名將）。

例 これは伊達眼鏡(だてめがね)だよ。

ko.re.wa.da.te.me.ga.ne.da.yo

我這個眼鏡是裝飾用的。

不是伊達政宗的眼鏡？

據說是出自伊達政宗的家臣。由於家臣的服裝相當華麗，引人注目，而伊達政宗的「伊達(だて)」的發音又正好同接尾詞「だて(立(た)て，刻意、故意)」，因此「伊達(だて)」才被作為指打扮醒目的意思，後接眼鏡就用來指裝飾用的眼鏡。

ニーハイ

ni.i.ha.i

意思 **膝上襪。**

原句 「ニーハイソックス(knee high socks)」的略稱。

其它 襪子和裙擺之間的區域則為「絶対領域(ぜったいりょういき)」。

例 ミニスカと**ニーハイ**の組(く)み合(あ)わせは最高(さいこう)！

mi.ni.su.ka.to.ni.i.ha.i.no.ku.mi.a.wa.se.wa.sa.i.ko.o

迷你裙配膝上襪的組合最棒！

類 ニーソ(膝下襪)

山(やま)ガール

ya.ma.ga.a.ru

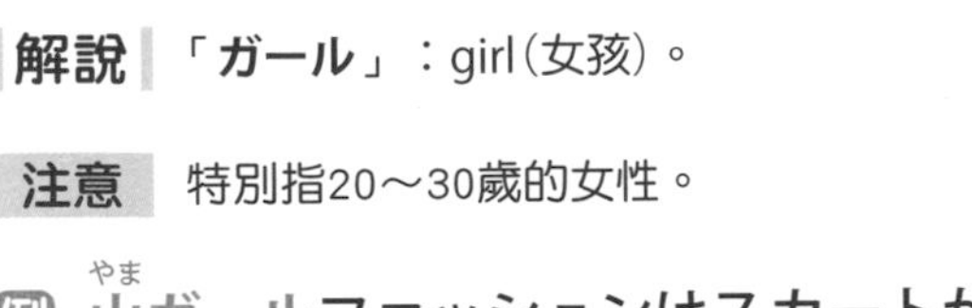

意思 **山女孩、穿著時髦的登山服裝去爬山的年輕女性。**

解說 「**ガール**」：girl(女孩)。

注意 特別指20～30歲的女性。

例 **山(やま)ガール**ファッションはスカートがポイント。

ya.ma.ga.a.ru.fa.s.sho.n.wa.su.ka.a.to.ga.po.i.n.to

山女孩時尚重點是裙子。

就算去爬山，穿著也不能馬虎？

大概在2000年左右，日本吹起登山風，而穿著登山品牌的服裝和裝備去爬山的女生，就被稱為是山女孩。造型重點主要以防水的外衣搭配富機能性、流行性的裙子(裙子還被稱為「山(やま)スカ」，是山和スカート(裙子)的略稱)。

サブカル

sa.bu.ka.ru

意思 次文化。

原句 「サブカルチャー」(subculture)的略稱。

注意 也有負面的意思。

例 大学(だいがく)に入(はい)って**サブカル**系(けい)に目覚(めざ)めた。
da.i.ga.ku.ni.ha.i.t.te.sa.bu.ka.ru.ke.i.ni.me.za.me.ta
上大學後開始對次文化感興趣。

小眾文化其實很有影響力！

除了動漫、網路遊戲、模型等宅文化外，一般獨立製片、音樂、現代藝術、穿著風格等，都屬於次文化的一環。

コンサバ

ko.n.sa.ba

意思 淑女風、名媛風。

原句 「コンサバティブ」(conservative)的略稱。

例 職場(しょくば)では**コンサバ**でキメてます。
sho.ku.ba.de.wa.ko.n.sa.ba.de.ki.me.te.ma.su
職場上的穿著都比較偏保守。

簡潔大方又優雅！

不過於花枝招展、也不追隨流行，以清爽乾淨的配色，簡單大方又不失女性魅力的服裝為主，不僅是職場上受歡迎的打扮，還給人好親近、有氣質的印象。

ジェンダーレス男子（だんし）

je.n.da.a.re.su.da.n.shi

意思 無性別男子、指以中性打扮為主的男性。

解說 「ジェンダーレス」：genderless（無性別）。

例 最近（さいきん）ジェンダーレス男子（だんし）がすごい話題（わだい）になってる。
sa.i.ki.n.je.n.da.a.re.su.da.n.shi.ga.su.go.i.wa.da.i.ni.na.t.te.ru
最近無性別男子受到大家的熱烈討論。

類 ネオイケメン

比女生還要愛漂亮！

無性別男子最近在日本掀起熱潮，這是一種融合男性美和女性美的新風格，他們大多會染特殊的髮色和戴瞳孔變色片，穿搭方面不會特別在意是男生還是女生的衣服，只要是自己喜歡的風格都會嘗試看看。無性別男子會花許多時間在皮膚保養和化妝上面，對於時尚的要求甚至比女生還要細心喔。

ネオイケメン

ne.o.i.ke.me.n

意思 中性帥哥。

解說 「ネオ」：希臘語neo（新、新的）。
「イケメン」：帥哥。

例 ネオイケメンの美意識（びいしき）が高（たか）い。
ne.o.i.ke.me.n.no.bi.i.shi.ki.ga.ta.ka.i
中性帥哥對美的感受度很高。

新種類的帥哥！？

ネオ在希臘文中代表「新的」，但在英文中是當作「復活、轉變」的字首來使用，因此ネオイケメン用來表示「全新型態的帥哥」，專指那些跨越男女之間的界線、宛若從漫畫裡走出來的中性美男子。

意思 歌德蘿莉。

解說 「**ゴス**」＝ゴシック(Gothic，哥德式)。
「**ロリ**」＝ロリータ(lolita，蘿莉塔，在此指少女、小女孩)。

原句 「ゴシック・アンド・ロリータ(Gothic&Lolita)」的略稱。

例 ゴスロリの存在感(そんざいかん)は異常(いじょう)。
go.su.ro.ri.no.so.n.za.i.ka.n.wa.i.jo.o
歌德蘿莉的存在讓人難以忽視。

超吸睛的視覺系風格？

為日本特有的服裝風格。本來是視覺系樂團歌迷之間盛行的打扮，直到2000年左右才在流行雜誌「KERA!」的介紹下廣為人知。基本造型以抓摺、蕾絲、頭飾，和黑底白蕾絲的洋裝(大多為蓬裙)為主，再搭配適當的配件，如雨傘、厚底鞋、過膝襪等。

～文字系(もじけい)

mo.ji.ke.i

意思 指時裝風格。

解說 「**文字**(もじ)」：在此指流行服裝雜誌的名稱。

例 やっぱり、赤文字系(あかもじけい)のファッションの方(ほう)が男(おとこ)ウケいいよね。
ya.p.pa.ri、a.ka.mo.ji.ke.i.no.fa.s.sho.n.no.ho.o.ga.o.to.ko.u.ke.i.i.yo.ne
果然男生還是比較喜歡氣質風格的服裝打扮。

從雜誌名稱的顏色來的？

源自服裝雜誌的名稱顏色，「赤文字系(あかもじけい)」指氣質、淑女風的造型，例如CanCan、ViVi等。而為了做出區分，因此出現了「青文字系(あおもじけい)」，指個人風格較為強烈的穿著造型，原宿風的服裝為其代表。

シュール

shu.u.ru

意思 **難以想像、KUSO搞笑、荒謬有趣。**

原句 法語「surréalisme（シュールレアリスム，超現實主義）」的略稱。

例 **このマスコットキャラ、シュールで笑（わら）える。**
ko.no.ma.su.ko.t.to.kya.ra、shu.u.ru.de.wa.ra.e.ru
這個吉祥物真是奇妙又有趣。

ゆめかわ女子（じょし）

yu.me.ka.wa.jo.shi

意思 **夢幻可愛系女孩。**

解說 「**夢（ゆめ）**」：夢，這裡指像夢一樣。

「**かわ**」＝ かわいい（可愛）。

例 **最近（さいきん）、原宿（はらじゅく）でゆめかわ女子（じょし）が増（ふ）えてきた。**
sa.i.ki.n、ha.ra.ju.ku.de.yu.me.ka.wa.jo.shi.ga.fu.e.te.ki.ta
最近原宿多了好多夢幻可愛系的女生。

要有點病態才行！

在年輕女生之間（特別是喜愛原宿文化的女生）流行的時尚風格。服裝、配件主要以紫色、粉紅色等淡粉色調為主，加上蝴蝶結、糖果裝飾、獨角獸布偶等，宛如出自童話世界般的夢幻、可愛。但這樣還不夠符合條件，還要帶有一點病態感，例如裝飾繃帶、針筒、藥、口罩等，看起來夢幻可愛又病態。此外還會特別喜愛kikirara（雙子星仙子）、美少女戰士、魔法小天使等。
日本知名模特兒兼歌手卡莉怪妞為「ゆめかわ女子」的代表。

86

1 選選看：聽MP3，並從〔　〕中選出適當的單字。

〔A. モテる　B. ガリガリ　C. キモい　D. あかぬけ　E. ブサカワ〕

① ______男は話がうまいよね。

② あの子、髪型変えてから ______たよね！

③ 痩せたいけど、______は嫌だなあ～

④ ______人に告白された。マジで無理だわ。

⑤ ______犬で有名な*ワサオって知ってる？

2 填填看：聽MP3，並在______中填入適當的單字。

① __________なレストランでディナーを食べたよ。

② *中野ブロードウェイは__________の聖地だ。

③ __________ファッションは日本だけでなく、海外でも人気！

④ __________の美意識は、女性顔負けだね。

⑤ 今日は寝坊しちゃったから、ノーメイクに__________。

＊ワサオ(哇沙噢)：日本電影「哇沙噢與我」裡的主角狗狗。為日本秋田犬種（長毛）。

＊中野ブロードウェイ(中野百老匯)：日本東京都中野區著名商店街，由於彙集許多動漫、公仔、同人誌店家，因次被稱之為次文化愛好者的聖地。

解答

1 ① A --受歡迎的男生都很會講話。 ② D --她換了髮型之後整個人變得很有型。 ③ B --我想變瘦，但不想骨瘦如柴。 ④ C --被噁心的人告白了。真的無法。 ⑤ E --你知道那個因為醜萌而聞名的長毛秋田犬哇沙噢（WASAO）嗎？

2 ① オシャンティー--在時髦的餐廳吃晚餐。 ② サブカル--中野百老匯是次文化聖地。 ③ ゴスロリ--歌德蘿莉風除了日本，在海外也很受歡迎！ ④ ネオイケメン--中性帥哥愛美的程度，打趴許多女生。 ⑤ 伊達眼鏡--今天睡過頭，所以素顏戴眼鏡。

Part 7
興趣篇

同人誌（どうじんし）

do.o.ji.n.shi

意思 同人誌

解說 「同人（どうじん）」：志同道合的人。

「誌（し）」＝「雜誌（ざっし）」（雜誌）。

指獨立出版的作品，在此指動漫。

原句 「同人雜誌（どうじんざっし）」的略稱。

例 コミケで**同人誌**（どうじんし）を大人買（おとながい）いした。

ko.mi.ke.de.do.o.ji.n.shi.o.o.to.na.ga.i.shi.ta

在漫博買了全套同人誌漫畫。

類 リトルマガジン

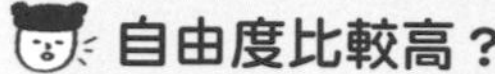

自由度比較高？

由於不受商業漫畫的框架影響，因此自由度特別高。此外同人誌又分成改編作品及原創作品，風格相當多元。

百合（ゆり）

yu.ri

意思 蕾絲邊。

例 女子高（じょしこう）は**百合**（ゆり）だらけ。

jo.shi.ko.o.wa.yu.ri.da.ra.ke

高中女校幾乎都是蕾絲邊。

類 ガールズラブ（GirlsLove，簡稱GL）

反 ボーイズラブ（BoysLove，簡稱 BL）

形容女同性戀的「百合族」源自1970年，由男同性戀專刊『薔薇族』總編輯・伊藤文提出，並與形容男同性戀的「薔薇族」作呼應。另外，日本自古以來有一句話形容女性「站如芍藥、坐如牡丹、行走姿態如百合」，其中百合特別給人純潔清新的感覺，因此用來作比擬。

意思 御宅族。

原句 「ヲタク」的略稱。

例 台湾(たいわん)は鉄(てつ)**ヲタ**憧(あこが)れの地(ち)だ。
ta.i.wa.n.wa.te.tsu.o.ta.a.ko.ga.re.no.chi.da
台灣是鐵道迷嚮往的地方。

意思 蘿莉控。

解說 「**ロリ**」＝ ロリータ(lolita，蘿莉塔，在此指少女、小女孩)。
「**コン**」＝ コンプレックス(complex，情結)。

例 子供(こども)を見(み)ていたら**ロリコン**のレッテルを貼(は)られた。
ko.do.mo.o.mi.te.i.ta.ra.ro.ri.ko.n.no.re.t.te.ru.o.ha.ra.re.ta
只是看了一下小孩就被貼上蘿莉控的標籤。

文學小說裡的蘿莉

源於俄羅斯作家—弗拉基米爾・納博可夫的小說《洛麗塔(Lolita)》(描寫中年男子愛上與自己年齡懸殊的少女的故事，曾被改編成電影，中文片名是《一樹梨花壓海棠》)。此說法來自故事中少女・洛麗塔(Lolita)的名字。

意思 正太控。

解說 「ショタ」＝ 正太郎（しょうたろう）（日本漫畫鐵人28號裡的男主角）。

原句 「ショータローコンプレックス（Shotaro complex）」的略稱。

其它 也可指把比自己年紀小的男性作為戀愛或結婚對象的人。

例 **織田信長（おだのぶなが）はショタコン。**
o.da.no.bu.na.ga.wa.sho.ta.ko.n
織田信長是正太控。

卡通裡的正太是誰？

相對於蘿莉控，對9～16歲左右的少年抱有強烈愛意的人稱為正太控。這個稱法源自日本漫畫『鐵人28號』裡的男主角・金田正太郎（かねたしょうたろう）。

萌死（もえし）
mo.e.shi

意思 萌死人了。可愛的受不了。

例 **ゆるキャラが可愛（かわい）すぎて萌死（もえし）するよ～。**
yu.ru.kya.ra.ga.ka.wa.i.su.gi.te.mo.e.shi.su.ru.yo
吉祥物好可愛簡直要萌死人了。

並非真正的死亡，而是一種形容過度興奮，導至身體無法負荷的程度。

意思 冷掉、解HIGH

例 **変（へん）なキャラが登場（とうじょう）して、萎（な）え～。**
he.n.na.kya.ra.ga.to.o.jo.o.shi.te、na.e～
奇怪的角色出來瞬間冷掉。

反 萌（も）え

だつりょくけい 脱力系
da.tsu.ryo.ku.ke.i

意思 指輕鬆逗趣的風格

解說 「**脱力**」：虛脫；無力；完全放鬆。

其它 也可指人，例如：「脱力系女子」。

例 **やる気がない時に脱力系の音楽を聴きたくなる。**
ya.ru.ki.ga.na.i.to.ki.ni.da.tsu.ryo.ku.ke.i.no.o.n.ga.ku.o.ki.ki.ta.ku.na.ru
沒精神的時候會突然很想聽輕鬆逗趣的音樂。

源自日本導演三木聰的作品風格。作品中時常會出現一些詼諧、惡搞的橋段，讓觀者看了覺得怪異或是會心一笑。乍看之下可能讓人覺得無聊，卻帶給人輕鬆愉快的心情。簡言之就是透過"無聊"獲得樂趣。市面上也出現許多「脱力系」的相關商品、電影、卡通漫畫等。紓解日常生活中的壓力，給人不一樣的療癒效果。

ゆるキャラ
yu.ru.kya.ra

意思 吉祥物

解說 「**ゆる**」＝ゆるい(鬆、鬆弛，在此指放鬆)。

「**キャラ**」＝キャラクター
(character，角色；個性)。

原句 「ゆるいマスコットキャラクター」的略稱。

例 **ゆるキャラのひこにゃんが可愛すぎる！**
yu.ru.kya.ra.no.hi.ko.nya.n.ga.ka.wa.i.su.gi.ru
吉祥物彥根貓超可愛！

日本的吉祥物文化

此名稱由日本插畫家・みうらじゅん所提出。目的是為了宣傳在地性活動、地方特產或是推廣企業、團體形象時，為了讓效果更佳，因此設計出各種充滿在地特色的吉祥物。

女子力男子（じょしりょくだんし）

jo.shi.ryo.ku.da.n.shi

意思 指興趣像女生的男性。

解說 「女子力（じょしりょく）」：指展現個人魅力的力量。

例 彼氏（かれし）が**女子力男子（じょしりょくだんし）**で良（よ）かった。

ka.re.shi.ga.jo.shi.ryo.ku.da.n.shi.de.yo.ka.t.ta

男友興趣跟女生一樣真是太好了。

先來說說女子力是什麼吧！

指女性在品味、料理、嗜好，甚至是說話方式、舉止等，都能夠充分展現出能力及魅力的力量，所以用在稱讚他人時，可以說「女子力が高（たか）い」。然而在這方面，同樣不輸女性的男性，就稱為「女子力男子」。

男の娘（おとこのこ）

o.to.ko.no.ko

A B
Q どっち ?!

意思 指男扮女裝的男性、偽娘。

解說 原本應該唸「男の娘（おとこのむすめ）」，在此刻意將唸法改成「こ」。

例 どっちが**男の娘（おとこのこ）**か、見分（みわ）けられる？

do.c.chi.ga.o.to.ko.no.ko.ka、mi.wa.ke.ra.re.ru

分得出來哪一個是偽娘嗎？

類 女装男子（じょそうだんし）

意思 主要的、知名的

解說 「メジャー」：major(主要的)。

例 金城武(かねしろたけし)は結構(けっこう)メジャーだよね。
ka.ne.shi.ro.ta.ke.shi.wa.ke.k.ko.o.me.ja.a.da.yo.ne
金城武很有名。

意思 少數的、冷門的。

解說 「マイナー」：minor(較小的，較少的。)

注意 沒有表負面的意義。

例 マイナーバンドが好(す)きなんです。
ma.i.na.a.ba.n.do.ga.su.ki.na.n.de.su
我喜歡冷門的樂團。

ピンきり

pi.n.ki.ri

意思 各式各樣、大大小小。

解說 「ピン」：骰子裡的「1」。

「キリ」：引申自日本歌牌裡表示"最後"的第12張牌。

原句 「ピンからキリまで」的略稱。

注意 一般指物品。

例 ギターも**ピンきり**だよ。

gi.ta.a.mo.pi.n.ki.ri.da.yo

吉他的種類很多。

夢（ゆめ）オチ

yu.me.o.chi

意思 夢結局、最後只是夢一場。

例 **夢（ゆめ）オチ**かよっ！

yu.me.o.chi.ka.yo!

不會給我是夢結局吧！

 「愛麗絲夢遊仙境」是最有名的夢結局代表。

プレミアム感（かん）

pu.re.mi.a.mu.ka.n

意思 高級感、有受重視的感受。

解說 「**プレミアム**」：premium（優惠）。

例 ベンツの**プレミアム感**（かん）は凄（すご）い。
be.n.tsu.no.pu.re.mi.a.mu.ka.n.wa.su.go.i
賓士車讓人覺得很有派頭。

フラゲ

fu.ra.ge

意思 預購。

解說 「**フラ**」＝ フライング（false start，搶跑）。
「**ゲ**」＝ ゲット（get，得到）。

原句 「フライングゲット」的略稱。

例 Perfumeのアルバムを**フラゲ**しました！
pa.fyu.u.mu.no.a.ru.ba.mu.o.fu.ra.ge.shi.ma.shi.ta
我已經先預購了Perfume的專輯。

類 早売（はやう）り、早（はや）バレ

マイブーム
ma.i.bu.u.mu

意思 熱衷於～。

解說 「**マイ**」＝ my（我的）。
「**ブーム**」＝ boom（風潮）。

例 最近(さいきん)の**マイブーム**は山登(やまのぼ)りです。
sa.i.ki.n.no.ma.i.bu.u.mu.wa.ya.ma.no.bo.ri.de.su
最近熱衷於爬山。

只趕自己的流行？

由日本漫畫家みうらじゅん所造出來的和製英語，目的是倡導「不隨世上的潮流，只專注於自己的潮流」的生存理念。

ゲーセン
ge.e.se.n

意思 電動遊樂場

原句 「ゲームセンター（和製英語，game center）」的略稱。

例 暇(ひま)だから**ゲーセン**に行(い)こうぜ。
hi.ma.da.ka.ra.ge.e.se.n.ni.i.ko.o.ze
好無聊，我們去電動遊樂場吧。

同 アミューズメント施設(しせつ)

意思 肌肉訓練。

解說 「筋(きん)」＝筋肉(きんにく)。

「トレーニング」＝ training（訓練）。

原句 「筋肉(きんにく)トレーニング」的略稱。

例 モテるために毎日筋トレ(まいにちきんトレ)した。
mo.te.ru.ta.me.ni.ma.i.ni.chi.ki.n.to.re.shi.ta
為了想受到歡迎，每天做肌肉訓練。

意思 彩繪車。

解說 「痛(いた)い」：痛；痛苦；丟臉。

將ACG、卡通動漫人物圖案以彩繪或貼紙黏貼的方式裝飾於車體外觀。

原句 「痛(いた)い車(くるま)」的略稱。

其它 若裝飾在摩托車上，則稱為「痛単車(いたんしゃ)」、腳踏車則稱為「痛(いた)チャリ」。

例 街(まち)で痛車(いたしゃ)を見(み)かけた。
ma.chi.de.i.ta.sha.o.mi.ka.ke.ta
在路上看到彩繪車。

類 萌車(もえしゃ)

怎麼個痛法呢？

源自於日本ACG文化，對於此名稱的由來眾說紛紜。其中有幾種說法較為有力。①開出去怕觀感不好，「痛(いた)い（丟臉）」；②早期的人覺得做這個很花錢，「痛(いた)い（痛苦）」；③聽起來比較拉風，將「イタリア車（義大利進口車）」簡稱「イタ車(しゃ)」。但多半是車主對於自己的自嘲說法。

練習看看！ 97

1 選選看：聽MP3，並從〔 〕中選出適當的單字。

〔A. ピンきり　B. フラゲ　C. 同人誌　D. マイナー　E. 萌死〕

① 子(こ)ネコの肉球(にくきゅう)で＿＿＿。

② 古本屋(ふるほんや)に＿＿＿で面白(おもしろ)い本(ほん)がたくさんあるよ！

③ 骨董品(こっとうひん)の金額(きんがく)って＿＿＿だね。

④ 若(わか)いころ、よく＿＿＿たくさん買(か)った。

⑤ 明日(あした)は嵐(あらし)のCD＿＿＿の日(ひ)だ。

2 填填看：聽MP3，並在＿＿＿中填入適當的單字。

① 私(わたし)の兄(あに)って少(すこ)し＿＿＿＿＿入(はい)ってるんだよね。

② 全国(ぜんこく)にたくさんの＿＿＿＿＿が誕生(たんじょう)している。

③ 一昔前(ひとむかしまえ)＿＿＿＿＿は、学生(がくせい)のたまり場(ば)だった。

④ ＿＿＿＿＿キャラ*ぐでたまは台湾(たいわん)で大人気(だいにんき)！

⑤ *おそ松(まつ)さんの＿＿＿＿＿が目(め)の前(まえ)を通(とお)った。

＊ ぐでたま(蛋黃哥)：日本三麗鷗的卡通人物。
＊ おそ松さん(小松先生)：日本知名漫畫家赤塚不二雄的作品。

解答

1 ① E --被小貓咪的肉球萌死了。 ② D --二手書店有很多冷門又有趣的書哦！ ③ A --古董品什麼價格都有。 ④ C --年輕的時候很常買很多同人誌。 ⑤ B --明天是嵐的ＣＤ預購日。

2 ① ロリコン--我哥哥有一點蘿莉控的傾向。 ② ゆるキャラ--全國各地誕生了很多吉祥物。 ③ ゲーセン--以前電動遊樂場是學生愛逗留的地方。 ④ 脱力系--療癒逗趣的蛋黃哥在台灣很受歡迎！ ⑤ 痛車--阿松的彩繪車從我眼前駛過。

Part 8
性格篇

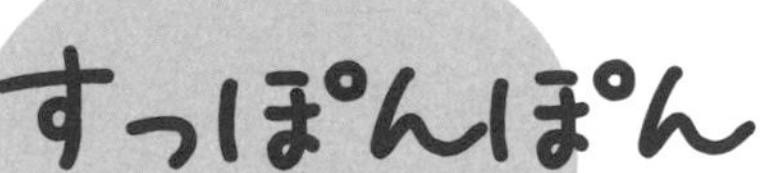

su.p.po.n.po.n

意思 光溜溜、裸體。

解說 為幼兒用語。

常用 是用來對小孩說的名詞。

例 すっぽんぽんで走(はし)らないで！
su.p.po.n.po.n.de.ha.shi.ra.na.i.de
不要光溜溜的亂跑！

ma.ru.mi.e

意思 完全看到、看光光。

解說 「丸(まる)」：完整；全部。
「見(み)え」＝「見(み)える」(看得到)。

例 パンツが丸見(まるみ)えだよ！
pa.n.tsu.ga.ma.ru.mi.e.da.yo
內褲完全被看光光了！

chi.ra.mi

意思 偷瞄。

解說 「チラ」：チラッと(一閃、一晃)。

原句 「チラッと見(み)る」、「チラチラ見(み)る」的略稱。

例 胸元(むなもと)をチラ見(み)した。
mu.na.mo.to.o.chi.ra.mi.shi.ta
偷瞄了一眼胸口。

ムッツリ
mu.t.tsu.ri

意思 悶騷的色胚。

原句 「むっつりスケベ」的略稱。

例 隣(となり)のムッツリがキモい！
to.na.ri.no.mu.t.tsu.ri.ga.ki.mo.i
旁邊有個悶騷的色胚真噁心！

不說話也中槍？

原指沉默寡言、漠不關心的意思。直到昭和時代才開始有「むっつり＋スケベ」的用法。現在常說的むっつり，多半就是指「むっつりスケベ」的意思。

スケベ
su.ke.be

意思 色鬼、色胚。

解說 「ス」：「好(す)き」(喜歡)。

「ケベ」＝「兵衛(ケベ)」，擬人化的接尾詞。

原句 「助兵衛(すけべえ)」、「助平(すけべい)」的略稱。

常用 常以片假名的形式出現。

例 男(おとこ)はみんなスケベだ。
o.to.ko.wa.mi.n.na.su.ke.be.da
男生全部都是色胚。

 源自江戶時代。本指對某事物抱著強烈興趣的意思。明治時代後才開始有好色的意思。

目の毒（めどく）

me.no.do.ku

意思 1.看了會有不良影響。
2.看了會讓人想要。

例 エロサイトは子供には目の毒だ。
e.ro.sa.i.to.wa.ko.do.mo.ni.wa.me.no.do.ku.da
色情網站對小孩有不良的影響。

例 お腹空いてる時にこの写真は目の毒だよ～。
o.na.ka.su.i.te.ru.to.ki.ni.ko.no.sha.shi.n.wa.me.no.do.ku.da.yo
肚子餓的時候看這張照片讓人越看越餓。

反 目の保養：養眼。

トホホ

to.ho.ho

意思 感到難堪、悲慘時的感嘆詞。

注意 平時會話不太使用。

常用 常在漫畫裡出現。

例 また宝くじ外れてしまった、トホホ。
ma.ta.ta.ka.ra.ku.ji.ha.zu.re.te.shi.ma.t.ta、to.ho.ho
彩券又槓龜了，想哭。

マメ

ma.me

意思 殷勤、勤奮。

原句 「こまめ」的略稱。

例 奥さんへの連絡がマメだね～。
o.ku.sa.n.e.no.re.n.ra.ku.ga.ma.me.da.ne
你和太太聯絡得很勤哦～

おっちょこちょい

o.c.cho.ko.cho.i

意思 **指行事輕率、欠缺考慮的人。**

解說 「**おっ**」：驚訝時發出的感嘆聲。或作「御(お)」修飾「ちょこちょい」。

「**ちょこ**」＝ ちょこちょこ（來回踱步、慌慌張張）。

「**ちょい**」：一會兒、一下、看看。

例 (神社(じんじゃ)で)**おっちょこちょい**が治(なお)りますように！

(ji.n.ja.de)o.c.cho.ko.cho.i.ga.na.o.ri.ma.su.yo.o.ni

（在神社）希望能改掉行事草率的個性。

頭(あたま)でっかち

a.ta.ma.de.k.ka.chi

意思 **只會靠嘴巴，不會做事的人。**

解說 「**でっかち**」：新潟縣的方言，指頭很大的人。

常用 說人壞話的時候，常常使用。

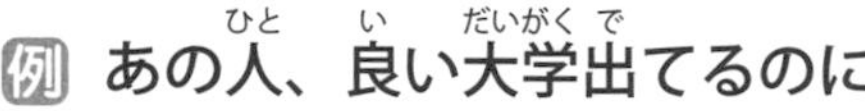

例 あの人(ひと)、良(い)い大学出(だいがくで)てるのに

頭(あたま)でっかちだから使(つか)い物(もの)にならないよ！

a.no.hi.to、i.i.da.i.ga.ku.de.te.ru.no.ni

a.ta.ma.de.k.ka.chi.da.ka.ra.tsu.ka.i.mo.no.ni.na.ra.na.i.yo

那個人明明是從好學校畢業的，卻只用嘴巴在做事，根本派不上用場。

おつむが弱(よわ)い

o.tsu.mu.ga.yo.wa.i

意思 笨笨的、傻傻的。

解說 「おつむ」：指頭，幼兒用語。

例 彼(かれ)はちょっと**おつむが弱(よわ)い**けど、決(けっ)して悪(わる)い人(ひと)ではない。
ka.re.wa.cho.t.to.o.tsu.mu.ga.yo.wa.i.ke.do、ke.s.shi.te.wa.ru.i.hi.to.de.wa.na.i
他雖然有點笨，但絕不是什麼壞人。

類 頭(あたま)が悪(わる)い

哪裡不同??

「頭でっかち」、「おつむが弱い」、「頭が悪い」

＊**「頭でっかち」**：光說不練，只靠一張嘴。
＊**「おつむが弱い」**：笨、傻、呆。帶有諷刺，將他人當傻子耍的語氣。
＊**「頭が悪い」**：不聰明、笨。指不得要領，頭腦不靈光。
聰明度比較：「頭でっかち」>「頭が悪い」>「おつむが弱い」。

～派(は)

ha

意思 ～派。

例 あなたはどっち**派(は)**？
a.na.ta.wa.do.c.chi.ha
你是哪一派？

類 ～系(けい)

ドS

えす

do.e.su

意思 **有虐待傾向，愛欺負別人、虐待狂。**

解說 「**ド**」：很；非常。

「**S**」：sadism(虐待狂)。

例 あんたの彼氏(かれし)って**ドS**だよね。

a.n.ta.no.ka.re.shi.t.te.do.e.su.da.yo.ne

你男朋友有虐待傾向吧。

ドM

えむ

do.e.mu

意思 **有被虐傾向、被虐狂。**

解說 「**M**」：masochism(被虐狂)。

例 おまえの彼女(かのじょ)って**ドM**だよね。

o.ma.e.no.ka.no.jo.t.te.do.e.mu.da.yo.ne

你女朋友有被虐傾向吧。

意思 **溫和型、療癒型。**

解說 「**おっとり**」：溫和、穩重。

例 俺(おれ)の彼女(かのじょ)は**おっとり系(けい)**です。

o.re.no.ka.no.jo.wa.o.t.to.ri.ke.i.de.su

我女朋友是溫和無害型。

類 癒(いや)し系(けい)

反 サバサバ系(けい)：直爽型。

スイーツ（笑）

su.i.i.tsu

意思 膚淺女、瞎妹。

解說 「スイーツ」＝ sweet（甜點）。
「（笑）」：訕笑，帶有輕視、諷刺的意味。

注意 通常指年輕女性。

其它 可直接稱「スイーツ」。

例 あの子かなりスイーツ（笑）だよな。
a.no.ko.ka.na.ri.su.i.i.tsu.da.yo.na
那個女的算滿經典的膚淺女。

類 ミーハー

妳也是甜點嗎？

形容像蛋糕甜點一樣，一昧追逐外在事物的女性，簡單來說就是很容易隨波逐流，絲毫沒有個人特色的女性。特徵如下：很關心娛樂新聞、一看就知道是跟哪種流行、對於現在流行的店家很敏感、沒有自己的個性、主見。

ぶりっ子

bu.ri.k.ko

意思 裝可愛、做作女。

解說 「ぶり」＝ 振る（形容像花蝴蝶一樣，花枝招展）。

例 あの子ぶりっ子だよ。どこがいいの？
a.no.ko.bu.ri.k.ko.da.yo。do.ko.ga.i.i.no
那個女生是做作女耶。到底哪裡好？

類 かまとと

人家就是這樣嘛～

主要指在男生面前刻意撒嬌並裝做什麼都不會、什麼都不懂的模樣。在日本，松田聖子是ぶりっ子最典型的代表。

かまとと

ka.ma.to.to

意思 **裝可愛、裝乖、裝笨。**

解說 「**かま**」＝ 蒲鉾(かもぼこ)（魚板）。

「**とと**」：魚，兒童用語。

原句 「カマボコはトト（魚）から出来(でき)ているの？（魚板是用魚做的嗎？）」。

例 **カマトトぶるのが上手(うま)いね。**

ka.ma.to.to.bu.ru.no.ga.u.ma.i.ne

很會裝可愛嘛。

類 ぶりっ子(こ)

源自江戶時代末期，當時的女性為了想討人喜歡，刻意裝作什麼都不懂的模樣。

かまってちゃん

ka.ma.t.te.cha.n

意思 **指喜歡討拍、受到關注的人。**

解說 「**かまって**」＝ 構(かま)う（在意、介意）。

例 **あの子(こ)はかまってちゃんだから、関(かか)わらないほうが良(い)いよ。**

a.no.ko.wa.ka.ma.t.te.cha.n.da.ka.ra、ka.ka.wa.ra.na.i.ho.o.ga.i.i.yo

她很需要人家一直理她，所以別和她有太多牽扯比較好。

怎麼都沒有人懂我？

在社群網站上時常看到的發文，例如Ａ：「頭好痛！好想吐！好暈～」，Ｂ：「還好嗎？要不要去看醫生？」、Ａ：「我好想死，我好孤單」Ｂ：「才沒那回事，你有我們啊！」、Ａ：「我最近皮膚好差哦！是醜八怪！」，Ｂ：「皮膚明明就好到炸！」等。不斷刻意說一些負面話，希望引起他人共鳴、關心、憐愛的Ａ，就可以稱他為「かまってちゃん」。

アバズレ
a.ba.zu.re

意思 指性格惡劣、行為不檢點的女生。

解說 「あば」＝ 暴れ者、暴くれ者（殘暴的人）。

「ズレ」＝ 擦る（摩擦）的連用形「擦れ」。

注意 為粗俗用語，意同「賤貨」。

例 あの女（おんな）はアバズレだ。
a.no.o.n.na.wa.a.ba.zu.re.da
那女的很不檢點。

類 ビッチ(bitch)

ドヤ顔（がお）
do.ya.ga.o

意思 很得意、很跩的表情。

解說 「ドヤ」＝ 關西腔的「どうだ」（怎麼樣，很厲害吧）。

例 うわっ！凄（すご）いドヤ顔（がお）。
u.wa.a! su.go.i.do.ya.ga.o
哇！一臉很得意的樣子。

自己満（じこまん）
ji.ko.ma.n

意思 自我滿足的人。

原句 「自己満足（じこまんぞく）」的略稱。

例 自己満（じこまん）レベルだね。
ji.ko.ma.n.re.be.ru.da.ne。
根本就只是自我滿足的程度。（是外行人的程度）。

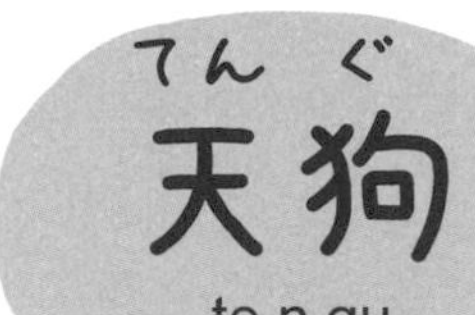

天狗（てんぐ）

te.n.gu

意思 自大、驕傲。

例 少し（すこ）褒（ほ）めるとすぐ**天狗**（てんぐ）になるんだから～

su.ko.shi.ho.me.ru.to.su.gu.te.n.gu.ni.na.ru.n.da.ka.ra~

稍微稱讚一下馬上就變得很自大。

因為天狗的鼻子很高？

天狗是日本妖怪傳說中棲息在深山裡法力高深的妖怪。擁有人的外表，身著道服，有張紅色的臉且鼻子特別高長。在日文裡形容鼻子高長的說法為「鼻（はな）が高（たか）い」，除此之外也有得意、驕傲的意思。因此鼻子高長的天狗被形容為驕傲、自大的意思。

ジャイアン

ja.i.a.n

意思 胖虎、指自我為中心的人。

解說 「ジャイアン」：胖虎，日本人氣卡通哆啦A夢裡的人物。

其它 也可以說成ジャイアニズム(gianism，有胖虎個性)。

例 おまえのものは俺（おれ）のものって**ジャイアン**かよ！

o.ma.e.no.mo.no.wa.o.re.no.mo.no.t.te.ja.i.a.n.ka.yo

你的就是我的…你胖虎啊！

你的就是我的？

出自日本知名卡通「哆啦A夢」裡的卡通人物胖虎，充滿利己主義、獨占主義思想的名言「おまえのものはおれのもの、おれのものもおれのもの(你的就是我的，我的還是我的)」。胖虎在卡通裡是孩子王，時常利用暴力的方式將他人的東西占為己有，因此被拿來形容有此行為的人。

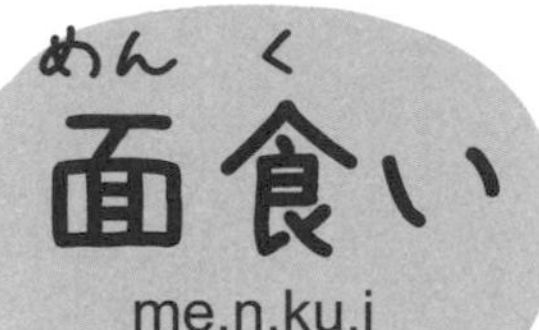

意思 外貌協會。

解說 「面（めん）」＝ 顏（かお）（臉）。

「食い（く）」＝ 食（く）う（吃），較粗俗的說法。

原句 「面（めん）ばかりを食（く）う」的略稱。

注意 常用在戀愛、交友上。

例 君（きみ）って人（ひと）は本当（ほんとう）に**面食い（めんく）**だね。
ki.mi.t.te.hi.to.wa.ho.n.to.o.ni.me.n.ku.i.da.ne
像你這樣根本就是外貌協會。

タヌキ寝入（ねい）り
ta.nu.ki.ne.i.ri

意思 裝睡。

解說 「タヌキ」：狸貓。

「寝入（ねい）り」：熟睡，寝入（ねい）る的連用形名詞化。

例 喧嘩（けんか）をした後（あと）、旦那（だんな）は気（き）まずそうに**タヌキ寝入（ねい）り**をした。
ke.n.ka.o.shi.ta.a.to、da.n.na.wa.ki.ma.zu.so.o.ni.ta.nu.ki.ne.i.ri.o.shi.ta
吵完架之後，老公因為覺得尷尬所以裝睡。

狸貓是無辜的？

據說狸貓生性膽小，遇到驚嚇就會休克昏迷。給人印象不老實的狸貓失去意識的模樣，從人類看來就像是在騙人一樣。

意思 看不下去。

解說 「痛(いた)い」：痛，在此指行為舉止。

注意 看了讓人覺得很難堪、難過、慘不忍睹。

例 あの服装(ふくそう)はちょっと**痛(いた)い**ね。
a.no.fu.ku.so.o.wa.cho.t.to.i.ta.i.ne
那個服裝讓人有點看不下去。

ねこばば
ne.ko.ba.ba

意思 撿到東西占為己有。

解說 「ねこ」：貓咪。

「ばば」：① 排泄物的幼兒用語；
② 婆(ばば)(老婆婆)。

例 財布(さいふ)を拾(ひろ)ったら、**ねこばば**しちゃダメよ！
sa.i.fu.o.hi.ro.t.ta.ra、ne.ko.ba.ba.shi.cha.da.me.yo
撿到錢包的話，不可以占為己有喔！

貓咪也是無辜的？

出自江戶時代後期。由於貓咪在如廁後，會將糞便埋起來，因此暗指隱藏自己做的壞事，特別指將撿到的金錢或物品占為己有。另一個說法是以前有一個愛貓的老婆婆，跟人借了錢不還，故而稱之。

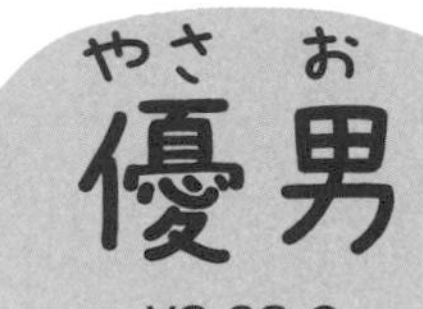

優男（やさお）

ya.sa.o

意思 軟弱男。

原句 「優（やさ）しい男性（だんせい）」的略稱。

注意 有負面的意思。

例 優男（やさお）はパス～。

ya.sa.o.wa.pa.su

軟弱男，直接略過。

溫柔的男生雖然給人「深情款款」、「細心」的正面印象，但相對的也給人「柔弱」「優柔寡斷」的負面印象。後者負面的印象較常廣為使用。

カミカミ

ka.mi.ka.mi

意思 講話吃螺絲、跳針。

解說 「カミ」＝噛（か）み（咬）。カミカミ為疊字，表示強調。

例 あのアナウンサーいつも**カミカミ**じゃない？

a.no.a.na.u.n.sa.a.i.tsu.mo.ka.mi.ka.mi.ja.na.i

那個主播每次講話都跳針不是嗎？

いたちごっこ

i.ta.chi.go.k.ko

意思 **雙方重複無謂的動作、毫無進展得不到解決。**

解說 「**いたち**」：鼬鼠。

「**～ごっこ**」：扮成～。

例 警察(けいさつ)と泥棒(どろぼう)のいたちごっこだ。
ke.i.sa.tsu.to.do.ro.bo.o.no.i.ta.chi.go.k.ko.da
警察和小偷你追我跑有完沒完。

本來是小孩在玩的遊戲？

源自江戶時代流行的兒童遊戲。以兩人一組面對面，一邊說「いたちごっこ」，一邊用手捏住對方指尖，交錯進行。由於怎麼玩都不會有結局，因此被引申為「你追我跑」、「上有政策、下有對策」的意思。

意思 **形跡可疑、鬼鬼祟祟。**

解說 「**キョド**」＝「キョド」＋「る」作動詞用。

原句 「挙動不審(きょどうふしん)」的略稱。

例 いきなり警察(けいさつ)に話(はな)しかけられてキョドった。
i.ki.na.ri.ke.i.sa.tsu.ni.ha.na.shi.ka.ke.ra.re.te.kyo.do.t.ta
突然被警察叫住，變得鬼鬼祟祟的。

ヤンチャ
ya.n.cha

意思 調皮搗蛋。

解說 指青少年素行不良，或指不良少年。

例 昔(むかし)ヤンチャだった。
mu.ka.shi.ya.n.cha.da.t.ta
以前是不良少年。

年少無知？輕狂？

除了直接指不良少年及其素行不良外，也有許多曾經是不良少年的成人，會用「ヤンチャ」來講述自己的過去。

武勇伝(ぶゆうでん)
bu.yu.u.de.n

意思 話當年勇。

注意 帶有嘲笑的語氣。

例 先輩(せんぱい)の武勇伝(ぶゆうでん)にうんざり！
se.n.pa.i.no.bu.yu.u.de.n.ni.u.n.za.ri
對前輩話當年勇感到很厭煩！

啊不就好棒棒！

原本指立志傳中的英雄逸話，或是很厲害的傳說，但用在日常會話時，作為形容愛講自己英勇事蹟的人，且帶有嘲笑的意味。

意思 暴怒。

例 久(ひさ)しぶりに**キレ**たぜ。
hi.sa.shi.bu.ri.ni.ki.re.ta.ze
好久沒這麼暴怒過了。

＊マジギレ：真的生氣（一開始可能以為是開玩笑）。　＊逆(ぎゃく)ギレ：惱羞成怒。

氣到冒青筋！

語源說法眾說紛紜，其中從諺語「堪忍袋(かんにんぶくろ)の緒(お)が切(き)れる。（忍無可忍，暴怒）」中的「切(き)れる」最為有力。「切(き)れる」表示在激動的狀況下，額頭上冒出青筋，血管像是斷裂般的模樣。

意思 膽小鬼。

解說 同英語用法「chicken」，指弱雞的意思。

例 女(おんな)の子(こ)に話(はな)しかけられないなんて、あなたは本当(ほんとう)に**チキン**だね！
o.n.na.no.ko.ni.ha.na.shi.ka.ke.ra.re.na.i.na.n.te、a.na.ta.wa.ho.n.to.o.ni.chi.ki.n.da.ne
竟然不敢和女生搭話，你還真個膽小鬼耶！

類 弱虫(よわむし)

意思 洩氣、消沉、沒勁。

例 上司(じょうし)に怒(おこ)られて**凹(へこ)**んだ。
jo.o.shi.ni.o.ko.ra.re.te.he.ko.n.da
被上司罵了現在很沒勁。

表示心情像洩了氣的汽球一樣，沒勁、失去力氣。

しんどい

shi.n.do.i

意思 感到疲憊、痛苦。

解說 「しんろう（辛労）」→「しんどう」→「しんど」＋「い」作形容詞用。

例 しんどいときは寝(ね)るのだ。
shi.n.do.i.to.ki.wa.ne.ru.no.da
感到疲憊的時候就去睡覺。

テンパる

te.n.pa.ru

意思 焦急、就要不行的樣子。

解說 「テンパ」＝ 聽牌(てんぱい)（聽牌，剩一張就完成了）＋「る」作動詞用。
源自麻將用語。

例 超(ちょう)可愛(かわい)い子(こ)に話(はな)しかけられてテンパる。
cho.o.ka.wa.i.i.ko.ni.ha.na.shi.ka.ke.ra.re.te.te.n.pa.ru
被超可愛的女生搭話，緊張得說不出話來。

原本有「已經做好萬全準備」的意思。2000年開始以「滿」、「充滿」、「已經毫無餘力」等較負面的意思為主，被使用在「慌張」、「焦急」、「興奮到快失去理智」等狀況。

狂(くる)ってる

ku.ru.t.te.ru

意思 發瘋、瘋狂。

解說 原型「狂(く)う」的「て」型＋「～いる」（表狀態）。

原句 「狂(くる)っている」的略稱。

例 3月(さんがつ)のウサギのように狂(くる)ってる。
sa.n.ga.tsu.no.u.sa.gi.no.yo.o.ni.ku.ru.t.te.ru
瘋得像三月的野兔。（著名的英文慣用句。）

パニクる
pa.ni.ku.ru

意思 變得很恐慌。

解說 「**パニク**」＝パニック（恐慌），
＋「る」作動詞用。

例 突然(とつぜん)別(わか)れを告(つ)げられて**パニクった**。
to.tsu.ze.n.wa.ka.re.o.tsu.ge.ra.re.te.pa.ni.ku.t.ta
突然說要分手讓我好恐慌。

恐慌症的症狀？

恐慌症是一種會重複發生、突然發生、非預期而產生強烈緊張（焦慮）症狀的疾病。並伴隨以下症狀：心跳加速、呼吸困難、頭痛、頭暈、顫抖、冒冷汗、過度緊張、肌肉僵硬、胸痛、失真感等，讓患者感覺像即將要死亡的狀態。適時的舒緩壓力、隨時保持身心靈健康，才是讓自己遠離精神疾病的不二法門。

意思 患有精神疾病的人。

解說 「**メン**」＝メンタル（mental，精神的、心理的）。
「**ヘラ**」＝ヘルス（health，健康）＋er後，指～的人。

原句 「メンタルヘルス（mental health）」的略稱。

注意 主要指患有憂鬱症或精神病等心理疾病的病患。

例 **メンヘラ**な彼女(かのじょ)が痛(いた)い。
me.n.he.ra.na.ka.no.jo.ga.i.ta.i
女友精神出狀況，看了讓人難過。

練習看看！ 116

1 選選看：聽MP3，並從〔　〕中選出適當的單字。

〔A. スケベ　B. ぶりっ子　C. しんどい　D. キレる　E. 目の毒〕

① ＿＿＿じゃない男なんて、この世にはいないよ。

② お台場はリア充まみれで＿＿＿だわ

③ いろいろなことが起こりすぎて、正直＿＿＿よ。

④ 芸能人が番組で＿＿＿。

⑤ ＿＿＿な子は、同性から一番嫌われやすい。

2 填填看：聽MP3，並在＿＿＿中填入適當的單字。

① ＿＿＿＿の女性は人気がある。

② 私って本当に＿＿＿＿な性格なんだよね。

③ うちの猫は寂しがりの＿＿＿＿。

④ 掃除したらすぐ汚されるから＿＿＿＿でしかないんだよ…

⑤ スタバでMac使って＿＿＿＿している奴がいる。

解答

1 ① A --這世界上沒有一個男人不是色胚。 ② E --台場儘是些現充，看了真讓人受不了。 ③ C --發生太多事，說真的我累了。 ④ D --搞笑藝人在節目上暴怒。 ⑤ B --做作女最容易受到同性的厭惡。

2 ① おっとり系--溫和型的女生很受歡迎。 ② おっちょこちょい--我個性真的很欠周慮。 ③ かまってちゃん--我家的貓怕寂寞需要有人一直關注牠。 ④ いたちごっこ--打掃完馬上被弄髒，根本就沒完沒了嘛… ⑤ ドヤ顔--在星巴克有人一臉很跩的樣子在用Mac。

Part 9
生活用語篇

はしご

ha.shi.go

意思 續攤。

解說 「はしご」：原為梯子的意思。

原句 「はしご酒(ざけ)」的略稱。

例 じゃあ、もう一軒(いっけん)ハシゴしようか！
ja.a、mo.o.i.k.ke.n.ha.shi.go.shi.yo.o.ka
那我們再往下一間續攤吧！

像爬樓梯一樣，一間一間地續攤。也可以用在不同的場所上，例如書店，「本屋(ほんや)のはしご(書店一間一間地逛)」等。

飲兵衛(のんべえ)

no.n.be.e

意思 愛喝酒的人。

解說 「飲(のん)」＝ 飲(の)む(喝)。
「兵衛(べえ)」：擬人用法。

其它 也有邋遢、隨便的意思。

注意 有嘲笑的意味。

例 君(きみ)って、そんなに飲兵衛(のんべえ)だったっけ？
ki.mi.t.te、so.n.na.ni.no.n.be.e.da.t.ta.k.ke
你有這麼能喝嗎？

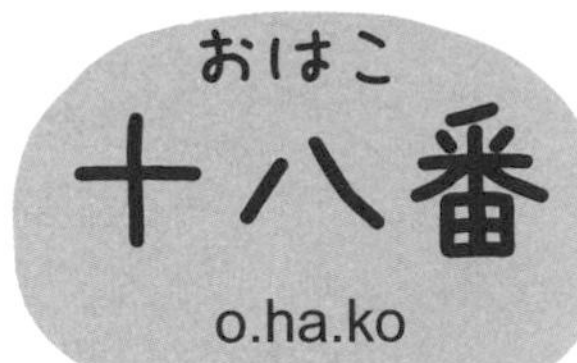

意思 最拿手的歌曲

解說 原指最得意的技藝。

例 僕(ぼく)の**十八番(おはこ)**はイエモンの「ジャム」です。
bo.ku.no.o.ha.ko.wa.i.e.mo.n.no「ja.mu」de.su
我最拿手的歌曲是THE YELLOW MONKEY的「JAM」。

むねあつ 胸熱

mu.ne.a.tsu

意思 滿腔熱血、熱血沸騰。

原句 「胸(むね)が熱(あつ)くなるな。」的略稱。

例 宇宙(うちゅう)に旅行(りょこう)できる時代(じだい)が来(き)たのか、**胸熱(むねあつ)**だな。
u.chu.u.ni.ryo.ko.o.de.ki.ru.ji.da.i.ga.ki.ta.no.ka、mu.ne.a.tsu.da.na
能到宇宙旅行的時代要來了嗎？真讓人熱血沸騰。

サラっと
sa.ra.t.to

意思 坦率、淡然。

原句 「サラリと」的略稱。

例 そういうこと、よく**サラッと**言(い)えるね～。
so.o.i.u.ko.to、yo.ku.sa.ra.t.to.i.e.ru.ne
這種事還真說得出口。

同 あっけなく

サクっと
sa.ku.t.to

意思 動作迅速、俐落、輕鬆搞定。

原句 「サクサクと」的略稱。

例 仕事(しごと)を**サクッと**終(お)わらせて飲(の)みに行(い)こう！
shi.go.to.o.sa.ku.t.to.o.wa.ra.se.te.no.mi.ni.i.ko.o
趕快把工作做完，下班後去喝一杯吧！

意思 秘笈、教科書。

例 この虎の巻を読んでおけば安心だよ。
ko.no.to.ra.no.ma.ki.o.yo.n.de.o.ke.ba.a.n.shi.n.da.yo
先讀過這本祕笈，就會覺得很放心。

源自中國古代的兵法書「六韜」中的「虎韜」，轉而稱為「虎の巻」。

意思 雜學知識、專業知識。

例 アキバ系はよくうんちくを垂れる。
a.ki.ba.ke.i.wa.yo.ku.u.n.chi.ku.o.ta.re.ru
秋葉原系的人很常說些宅學問。

原本指學者長年做研究所累積下來的知識，近年來才開始轉向指雜學的意思。雜學種類繁多，在發表個人雜學知識的時候，要注意對方是否對於話題感到有興趣，以免因為過於冗長，掃了彼此的興。此外，描述他人滔滔不絕談論某學問時的正確說法為「うんちくを傾ける」，例句的用法「うんちくを垂れる」為之後的誤用。

「うんちくを傾ける」、「うんちくを垂れる」

兩者皆指滔滔不絕談論某學問時的狀態。差別如下：

＊「**うんちくを傾ける**」：為正確說法，對於說話者的學問表以尊重。

＊「**うんちくを垂れる**」：為誤用說法，由於「垂れる」有排泄的意思，因此表示對說話者的學問感到無趣、鄙視、沒有耐心。

文無し（もんなし）
mo.n.na.shi

意思 連半毛錢都沒有、身無分文。

原句 「一文無し（いちもんなし）」的略稱。

例 麻雀（まあじゃん）で負（ま）けて今日（きょう）は**文無（もんな）し**だ。
ma.a.ja.n.de.ma.ke.te.kyo.o.wa.mo.n.na.shi.da
麻將打輸，今天身上半毛錢都沒有。

貧乏くじ（びんぼうくじ）
bi.n.bo.o.ku.ji

意思 走霉運、運氣不好。

解說 「貧乏（びんぼう）」：貧窮。
「くじ」：籤。

例 **貧乏（びんぼう）くじ**を引（ひ）いてしまった。
bi.n.bo.o.ku.ji.o.hi.i.te.shi.ma.t.ta
運氣真是不好。

類 ついてない

 不單指個人，也可指整個團體、某個世代所遇到的狀況。

意思 失敗

解說 「へま」：失敗。
後接「～をする」作動詞使用。

例 仕事(しごと)で**ヘマをして**凹(へこ)んだ。
shi.go.to.de.he.ma.o.shi.te.he.ko.n.da
工作上出了錯，心情很差。

類「滑(すべ)る」、「とちる」

意思 狀況越來越差、每況愈下

原句 「ジリジリと貧(まず)しくなる」的略稱。

例 ギリシャ経済(けいざい)はもう**ジリ貧(ひん)**ですね。
gi.ri.sha.ke.i.za.i.wa.mo.o.ji.ri.hi.n.de.su.ne
希臘的經濟每況愈下。

意思 性能與價格的比值、ＣＰ值

原句 「コストパフォーマンス
(cost performance)」的略稱。

其它 也可簡寫成「CP」。

例 スシローの**コスパ**はかなり高(たか)いね！
su.shi.ro.o.no.ko.su.pa.wa.ka.na.ri.ta.ka.i.ne
SUSHIRO的CP值很高！

＊SUSHIRO：日本連鎖迴轉壽司店。

ピンハネ

pi.n.ha.ne

意思 抽傭金、揩油

解說 「ピン」：源自葡萄牙文「Pinta」(點)。

「ハネ」＝ 撥(は)ねる(抽成、揩油)。

例 給料(きゅうりょう)を**ピンハネ**された。

kyu.u.ryo.o.o.pi.n.ha.ne.sa.re.ta

薪水被揩油了。

ボロ儲(もう)け

bo.ro.mo.o.ke

意思 輕鬆賺大錢。

解說 「ボロ」＝ ぼろい(輕鬆賺錢)。

「儲(もう)け」＝ 儲(もう)ける(獲得利益)。

例 株(かぶ)で**ボロ儲(もう)け**した。

ka.bu.de.bo.ro.mo.o.ke.shi.ta

利用股票輕鬆賺大錢。

成金(なりきん)

na.ri.ki.n

意思 暴發戶。

解說 源自於日本將棋用語。

例 あの人全身(ひとぜんしん)ブランドの服(ふく)だね。きっと**成金(なりきん)**でしょ。

a.no.hi.to.ze.n.shi.n.bu.ra.n.do.no.fu.ku.da.ne。ki.t.to.na.ri.ki.n.de.sho

那個人全身都穿名牌。一定是暴發戶。

原本攻擊力極低的「步兵」，升級後擁有等同「金將」的攻擊力。

意思 大筆金額。

其它 疊字寫法為「がっぽがっぽ」：指連續獲得好幾筆的大金額。

例 税金をがっぽり取られた。
ze.i.ki.n.o.ga.p.po.ri.to.ra.re.ta
付了一大筆稅金。

意思 一口氣購買大量商品。

解說 「爆」：激烈的、瘋狂的。
「買い」：買，原型為「買う」。

例 中国人は銀座で爆買いする。
chu.u.go.ku.ji.n.wa.gi.n.za.de.ba.ku.ga.i.su.ru
中國人在銀座大買特買。

日本經濟的救世主？

2015年當選日本流行語大賞・年間大賞的「爆買い」是於2014年出現的新名詞，主要指中國觀光客在日本大肆掃貨的現象。而根據推測，促使「爆買い」的原因有兩項，一、日幣貶值；二、日貨品質保證，再加上因為中國稅制的關係，在日本反而可以買到相當划算的價格，從美妝、家電、到房地產，都成為中國觀光客的目標，因而刺激日本經濟活絡。
雖然對於國家經濟有幫助，但是卻帶來不少負面現象，不僅觀光品質降低，許多日本民眾的生活也受到影響，如何在兩者之間取得平衡，勢必是目前日本政府的一大難題。

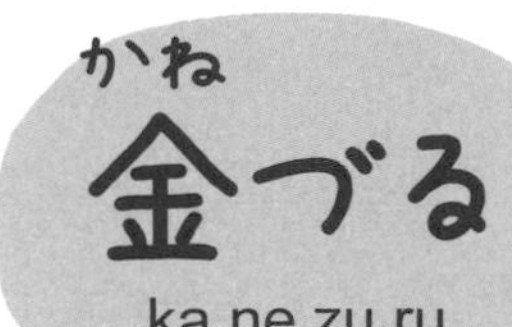

意思 人肉提款機。

解說 「づる」＝ 蔓(つる)(藤蔓)。

例 あの女(おんな)は**金(かね)づる**だよ。
a.no.o.n.na.wa.ka.ne.du.ru.da.yo
那女人是我的人肉提款機。

好比藤蔓一般，將藤蔓蔓延的特性作為形容錢不停不停地要的意思。

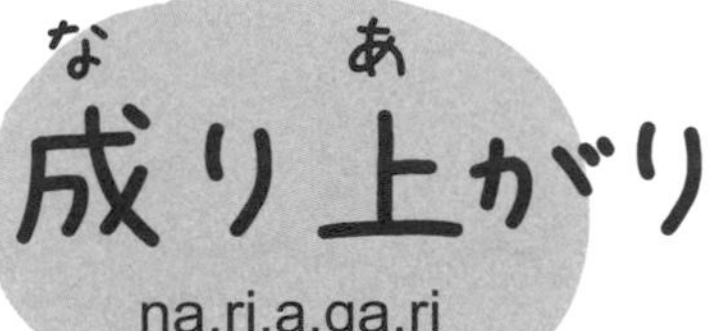

意思 出人頭地、麻雀變鳳凰、乞丐變皇帝。

解說 「成(な)り」＝ 成(な)る(成為)。
「上(あ)がり」＝ 上(あ)がる(向上)。

注意 帶有一點輕蔑的用語。

例 頑張(がんば)って**成(な)り上(あ)がり**たい！
ga.n.ba.t.te.na.ri.a.ga.ri.ta.i
想好好努力讓自己出人頭地！

類 出世(しゅっせい)

はながた 花形

ha.na.ga.ta

意思 在專業領域上受到歡迎的人、紅人。

解說 源自歌舞伎用語。

其它 「花形職業（はながたしょくぎょう）」：受歡迎的職業，例如：空服員、醫生、律師、模特兒等。

例 キャスターはニュースの**花形（はながた）**だ。

kya.su.ta.a.wa.nyu.u.su.no.ha.na.ga.ta.da

主播是新聞節目受矚目的焦點。

しゃか お釈迦

o.sha.ka

意思 報廢、不良品。

例 事故（じこ）で車（くるま）が**お釈迦（しゃか）**になった。

ji.ko.de.ku.ru.ma.ga.o.sha.ka.ni.na.t.ta

發生車禍整台車報廢了。

弄錯了只好報廢！

原本打算製造阿彌陀佛像，卻弄錯成釋迦牟尼像，因此這些做錯的釋迦牟尼像，便衍生為報廢、不良品的意思。另外，已經不需要的東西，丟掉時可以說「お釈迦（しゃか）にする。(把…報廢掉。)」

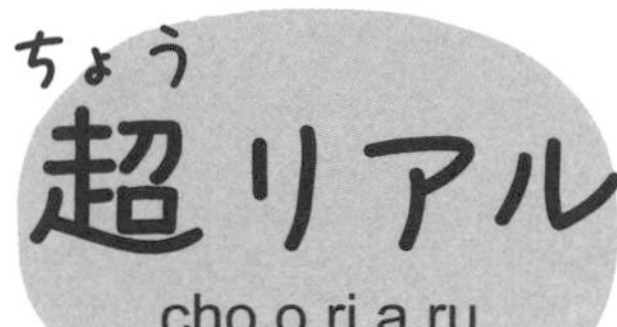

意思 逼真。

解說 「**リアル**」＝ real（真的）。

例 日本(にほん)の食品(しょくひん)サンプルは**超(ちょう)リアル**だよ。
ni.ho.n.no.sho.ku.hi.n.sa.n.pu.ru.wa.cho.o.ri.a.ru.da.yo
日本的食物樣品做得超逼真。

意思 仿冒品。

解說 「**パチ**」＝ ぱちる（竊盜，大阪腔的說法）。

「**モン**」＝ 物(もの)（物品），刻意將「物(もの)」隨便發音為「モン」。

例 路上(ろじょう)で**パチもん**のロレックスを買(か)った。
ro.jo.o.de.pa.chi.mo.n.no.ro.re.k.ku.su.o.ka.t.ta
在路上買了假勞力士錶。

 主要指包包、錢包、手錶等名牌貨的仿冒品。

白(しろ)タク
shi.ro.ta.ku

意思 白牌計程車、無照計程車。

解說 「**白**(しろ)」＝ 白(しろ)い(白色，在此指車牌顏色)。

「**タク**」＝ タクシー(taxi，計程車)。

例 **白(しろ)タク**やってたら警察(けいさつ)に捕(つか)まった。
shi.ro.ta.ku.ya.t.te.ta.ra.ke.i.sa.tsu.ni.tsu.ka.ma.t.ta
無照開計程車，被警察逮捕了。

在日本，合法的計程車業者必須領有營業許可證，車牌為綠底白字。沒有獲得許可證的計程車，車牌則為白底綠字。

出来(でき)レース
de.ki.re.e.su

意思 打假球、騙局。

解說 「**出来**(でき)」＝ 出来合(できあ)い(預定、事先)。

「**レース**」＝ race(比賽、競賽)。

原句 「出来合(できあ)いのレース」的略稱。

例 **公共事業**(こうきょうじぎょう)はほとんどが**出来**(でき)**レース**だ。
ko.o.kyo.o.ji.gyo.o.wa.ho.to.n.do.ga.de.ki.re.e.su.da
公共建設的承包幾乎都是先講好的。

類 八百長(やおちょう)

かなづち
ka.na.zu.chi

意思 旱鴨子。

解說 漢字為「金槌(かなづち)」。

例 オレ実(じつ)は**かなづち**なんだよ～。
o.re.ji.tsu.wa.ka.na.du.chi.na.n.da.yo
我其實是個旱鴨子。

由於金槌掉進水池，沉到水底不會浮出水面，因此便將不會游泳的人比喻為金槌，意指掉到水裡，自己不會浮上來的意思。

音痴(おんち)
o.n.chi

意思 音癡。

常用 也可指對些事情較不擅長、不敏銳。前加名詞+音癡，例如：「方向音痴(ほうこうおんち)(路癡)」、「味覚音痴(みかくおんち)(味覺白癡)」等。

例 ジャイアンは凄(すご)い**音痴(おんち)**だ。
ja.i.a.n.wa.su.go.i.o.n.chi.da
胖虎是個大音癡。

お荷物(にもつ)
o.ni.mo.tsu

意思 負擔。包袱。

例 会社(かいしゃ)の**お荷物(にもつ)**だけにはなりたくない！
ka.i.sha.no.o.ni.mo.tsu.da.ke.ni.wa.na.ri.ta.ku.na.i
不想成為公司的負擔。

ズバッと

zu.ba.t.to

意思 單刀直入。

例 言（い）い難（にく）いことをズバッと言（い）った。
i.i.ni.ku.i.ko.to.o.zu.ba.t.to.i.t.ta
很難開口的事情直接就說出來了。

ピンとくる

pi.n.to.ku.ru

意思 明白、體會、恍然大悟

其它 否定說法「ピンと来（こ）ない。」：搞不懂、無法理解、沒感覺。

例 彼（かれ）の話（はなし）ですぐピンときた。
ka.re.no.ha.na.shi.de.su.gu.pi.n.to.ki.ta
和他說話後才恍然大悟。

類 思（おも）い当（あ）たる

チョコッと

cho.ko.t.to

意思 一點點、一些些、稍微。

例 チョコッとだけ教（おし）えてよ。
cho.ko.t.to.da.ke.o.shi.e.te.yo
稍微透露一點嘛。

イマイチ
i.ma.i.chi

意思 略顯不足、少一味。

解說 「イマ」＝今(いま)(現在)。
「イチ」：一(いち)。

原句 「今一つ(いまひとつ)」(還差了一點)的略稱。

例 この料理(りょうり)は見(み)た目(め)は良(い)いのに、味(あじ)はイマイチだ。
ko.no.ryo.o.ri.wa.mi.ta.me.wa.i.i.no.ni、a.ji.wa.i.ma.i.chi.da
這道菜看起來很不錯，味道卻稍顯不足。

還有分可惜的程度？

1970年開始普及的「イマイチ」，到了1980年後，還出現「今二(いまに)」、「今三(いまさん)」、「今百(いまひゃく)」、「今千(いません)」等。連接在「今(いま)」後面的數字逐漸增加，用來表示不夠的程度。

ガッツリ
ga.t.tsu.ri

意思 很多、滿。

其它 源自北海道的地方用語。

例 今日(きょう)はガッツリ食(た)べよう。
kyo.o.wa.ga.t.tsu.ri.ta.be.yo.o
今天就大吃特吃吧。

類 ガンガン

ちゃんぽん
cha.n.po.n

意思 混著、交錯、摻雜。

其它 也指長崎料理強棒麵。

例 ビールと日本酒(にほんしゅ)と焼酎(しょうちゅう)のちゃんぽんで二日酔(ふつかよ)いだ。
bi.i.ru.to.ni.ho.n.shu.to.sho.o.chu.u.no.cha.n.po.n.de.fu.tsu.ka.yo.i.da
昨天啤酒和日本酒、燒酒混著喝，結果就宿醉了。

＊鉦(ちゃん)：古代樂器名。

說法源自江戶時代演奏音樂時，交互敲擊鉦(ちゃん，cha.n)與鼓(ぽん，po.n)的聲音。

べた褒(ほ)め
be.ta.ho.me

意思 讚賞、評價極高。

解說 「ベタ」＝べったり(緊密)或ペタペタ(黏ㄊㄊ)。
「褒(ほ)め」：褒(ほ)める(稱讚)。

例 べた褒(ほ)めですが過言(かごん)ではない！
be.ta.ho.me.de.su.ga.ka.go.n.de.wa.na.i
雖然評價很高但絕對沒有誇張！

ハッタリ
ha.t.ta.ri

意思 誇大其詞。

其它 原為攤販用語，
有刻意作亂阻嚇對方的意思。

例 面接(めんせつ)で少(すこ)しハッタリをかました。
me.n.se.tsu.de.su.ko.shi.ha.t.ta.ri.o.ka.ma.shi.ta
面試的時候，有稍微刻意的誇大。

女性ホルモン

じょせい

jo.se.i.ho.ru.mo.n

意思 女性賀爾蒙。

解說 源自hormone（賀爾蒙）。

注意 為主觀的說法。分泌出～。

例 最近恋してるから、女性ホルモン出てるわ～

さいきんこい　じょせい　で

sa.i.ki.n.ko.i.shi.te.ru.ka.ra、jo.se.i.ho.ru.mo.n.de.te.ru.wa

最近在談戀愛，激發了我的女性賀爾蒙～

類 フェロモン

フェロモン

fe.ro.mo.n

意思 費洛蒙、女人味。

解說 源自pheromone（費洛蒙）。

注意 為客觀的說法。釋放出～、散發出～。

例 フェロモンムンムンでモテモテ。

fe.ro.mo.n.mu.n.mu.n.de.mo.te.mo.te

散發出女人味，十分受歡迎。

＊ムンムン：散發出～。

意思 **1.打壞氣氛的人。**
2.礙事的人。

其它 也可指在情侶之間當電燈泡的人。

例 おじゃま**虫(むし)は消(き)えるね。**
o.ja.ma.mu.shi.wa.ki.e.ru.ne
我這個電燈泡就不打擾了。

川(かわ)の字(じ)

ka.wa.no.ji

意思 **指親子三人並排睡的模樣。**

其他 朋友或是超過三人以上也可以使用。

例 **子供(こども)の頃(ころ)は**川(かわ)の字(じ)**で寝(ね)てた。**
ko.do.mo.no.ko.ro.wa.ka.wa.no.ji.de.ne.te.ta
小時候常常和爸媽三個人睡在一起。

類 雑魚寝(ざこね)：狹窄的房間裡擠著很多人的意思。

雑魚(ざこ)

za.ko

意思 **指沒有用處、沒有價值的人。**

解說 原為漁業用語。指要捕的魚裡混著其他魚種的意思。

例 **この**雑魚(ざこ)**が！**
ko.no.za.ko.ga
這個沒用的傢伙。

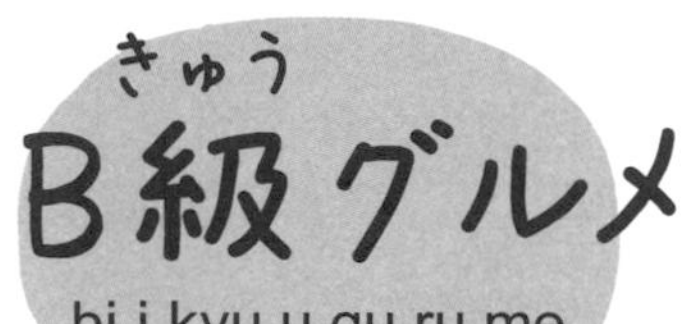

B級グルメ

bi.i.kyu.u.gu.ru.me

意思 庶民美食。

解說 「グルメ」：法gourmet(美食家、老饕)。

例 日本(にほん)のB級(きゅう)グルメを食(た)べ尽(つ)くしたい！
ni.ho.n.no.bi.i.kyu.u.gu.ru.me.o.ta.be.tsu.ku.shi.ta.i
想嚐遍日本的庶民美食。

＊食(く)いしん坊(ぼう)：貪吃鬼。

＊大食(おおぐ)い：大胃王。

鍋奉行

なべぶぎょう

na.be.bu.gyo.o

意思 吃火鍋時，專門負責控制火候和放入食材的人。

解說 「奉行(ぶぎょう)」：平安時代至江戶時代期間掌理政務的官職。

例 鍋奉行(なべぶぎょう)に全(すべ)て任(まか)せよう。
na.be.bu.gyo.o.ni.su.be.te.ma.ka.se.yo.o
全部都交給火鍋專員吧。

類 灰汁代官(アクだいかん)：負責撈雜質的人。

應該也只是能者多勞吧？

鍋奉行的類型，粗略歸類可以分成兩種類型：1、自己張羅所有煮火鍋的事宜；2、以口頭方式指示他人或向他人解說。後者又分成從頭到尾出一張嘴指示他人和會很詳細解釋食材和火鍋知識的人。雖然負責張羅，但不代表所有的「鍋奉行」都很擅長料理火鍋。

自腹（じばら）

ji.ba.ra

意思 自費。

例 食費（しょくひ）は**自腹（じばら）**だよ。

sho.ku.hi.wa.ji.ba.ra.da.yo

用餐是自費喔。

太っ腹（ふとっぱら）

hu.to.p.pa.ra

意思 大方、有度量。

解說 「**太（ふと）**」：太（ふと）い（胖、寬）。

「**腹（ぱら）**」＝ 腹（はら）（肚子）。

其它 也可指店家、企業的服務品質或特價活動上。

例 あの人（ひと）はいつも**太っ腹（ふとっぱら）**だ。

a.no.hi.to.wa.i.tsu.mo.fu.to.p.pa.ra.da

那個人總是很大方。

チャッカマン

cha.k.ka.ma.n

意思 長柄打火機。

例 厨房（ちゅうぼう）には**チャッカマン**が必須（ひっす）です。

chu.u.bo.o.ni.wa.cha.k.ka.ma.n.ga.hi.s.su.de.su

廚房裡長柄打火機是必需品。

飯テロ（めしテロ）

me.shi.te.ro

意思 美食攻擊。

解說 「**飯（めし）**」：料理。

「**テロ**」＝ テロリズム（terrorism，恐怖攻擊）。

例 「孤独（こどく）のグルメ」は**飯（めし）テロ**すぎる。

ko.do.ku.no.gu.ru.me.wa.me.shi.te.ro.su.gi.ru

「美食不孤單」根本就是美食攻擊。

意思 大哥大、頭頭。

解說 源自西班牙文的「don」，表示對貴族的尊稱。

例 芸能界(げいのうかい)のドンには誰(だれ)も逆(さか)らえない。
ge.i.no.o.ka.i.no.do.n.ni.wa.da.re.mo.sa.ka.ra.e.na.i
演藝圈裡的大哥大誰都不能忤逆。

意思 保護費

解說 「ショバ」＝場所(ばしょ)(場地)倒著唸。
「代(だい)」：費用。

例 にいちゃん、ショバ代(だい)払(はら)いな。
ni.i.cha.n、sho.ba.da.i.ha.ra.i.na
老兄，把保護費交出來吧。

駐禁（ちゅうきん）
chu.u.ki.n

意思 禁止停車、被開罰單(違停)。

原句 「駐車禁止（ちゅうしゃきんし）」的略稱。

駐車違反

例 くそ～！駐禁（ちゅうきん）切（き）られた。
ku.so~!chu.u.ki.n.ki.ra.re.ta
可惡～！被開罰單了。

パトカー
pa.to.ka.a

意思 警車。

原句 「パトロールカー(Patrol car)」的略稱。

例 パトカーに追（お）っかけられた。
pa.to.ka.a.ni.o.k.ka.ke.ra.re.ta
被警車追。

ブタ箱（ばこ）
bu.ta.ba.ko

意思 拘留所。

解說 「ブタ」＝豚（ぶた）(豬)。
「箱（ばこ）」：盒子，在此指較小的空間。

例 窃盗（せっとう）で一晩（ひとばん）ブタ箱（ばこ）に入（はい）った。
se.t.to.o.de.hi.to.ba.n.bu.ta.ba.ko.ni.ha.i.t.ta
因為竊盜罪被關在拘留所一個晚上。

江戶時代以前稱為「牢屋（ろうや）」，日文中的「牢（ろう）」指的是安置牛或馬的籠子。但是自從有了吃豬肉的習慣後，人們開始在籠子裡養豬，因此改稱為「ブタ箱（ばこ）」。比起牛舍，豬舍看起來比較廉價，外觀又給人沒有衛生的印象，因此才引申為拘留所的意思。

トンズラ
to.n.zu.ra

意思 逃跑。

解說 「トン」＝ 遁(遁走)(逃跑)
「ズラ」＝ ずらかる(逃開、逃跑的俗語)。

例 船が座礁して船長が真っ先に**トンズラ**した。
fu.ne.ga.za.sho.o.shi.te.se.n.cho.o.ga.ma.s.sa.ki.ni.to.n.zu.ra.shi.ta
船觸礁，結果船長自己先逃了。

ヤボ用
ya.bo.yo.o

意思 公事。

常用 常以「ちょっとヤボ用で出かける」的說法出現。

例 ちょっと**ヤボ用**で出かけるよ。
cho.t.to.ya.bo.yo.o.de.de.ka.ke.ru.yo
我有公事要出門一下。

類 お茶を濁す

有什麼公事要辦？

不想說、不能說，被問到要去哪裡時只好打馬虎，「有點要事得辦」、「有公事要忙」成為常說的藉口。

ドブ
do.bu

意思 水溝。

解說 漢字為「溝」。

例 よそ見して**ドブ**にハマった。
yo.so.mi.shi.te.do.bu.ni.ha.ma.t.ta
稍微沒注意到就掉進水溝裡。

タブー
ta.bu.u

意思 禁忌、忌諱。

解說 源自英文的「taboo」。

例 飲み会で自慢話をするのは**タブー**だよ。
no.mi.ka.i.de.ji.ma.n.ba.na.shi.o.su.ru.no.wa.ta.bu.u.da.yo
喝酒聚會，吹牛自誇是禁忌。

ユニばれ
yu.ni.ba.re

意思 被發現身上穿的是UNIQLO的衣服。

解說 「**ユニ**」＝ユニクロ
(UNIQLO，日本平價服飾品牌)。
「**ばれ**」＝ばれる(拆穿)。

注意 聽者會感到有點丟臉。

例 **ユニバレ**が怖いから下着だけ買った。
yu.ni.ba.re.ga.ko.wa.i.ka.ra.shi.ta.gi.da.ke.ka.t.ta
怕被發現都穿UNIQLO，所以只買了內衣。

カラコン
ka.ra.ko.n

意思 彩色隱形眼鏡

解說 「**カラー**」：color(彩色)。
「**コンタクトレンズ**」：contact lenses
(隱形眼鏡)。

原句 「カラーコンタクトレンズ」的略稱。

例 **カラコン**入れたんだね。
ka.ra.ko.n.i.re.ta.n.da.ne
你戴彩色隱形眼鏡啊。

パワースポット

pa.wa.a.su.po.t.to

意思 能量景點。

解說 「パワー」：power（能量、力量）。
「スポット」：spot（地點）。

例 京都のパワースポットで癒されたい。
kyo.o.to.no.pa.wa.a.su.po.t.to.de.i.ya.sa.re.ta.i
想在京都的能量景點療癒身心。

療癒身心的不可思議的力量？

能量景點主要有山、海等自然景點、神社寺院等地方，除了可以放鬆心靈，還可以開運，因此以能量景點為主題的旅遊行程，相當受到歡迎。

オーラ

o.o.ra

意思 氛圍、氣勢、獨特的氣場。

解說 用來指人或事物所散發出來的氛圍、靈氣。
「オーラがある」（帶有獨特的氣場）。

常用 前面也可加上負面或正面說法，
表示帶有某種氛圍的。

原句 源自英語「arua」。

例 新婚の彼女は幸せオーラが全開！
shi.n.ko.n.no.ka.no.jo.wa.shi.a.wa.se.o.o.ra.ga.ze.n.ka.i
才剛新婚的她整個人散發著滿滿的幸福能量。

其實就是反應自己現在的狀態？

如果遇到剛結婚或剛談戀愛的人，或是剛失戀、工作不順的人，你感受到這個人散發出來的氛圍，就可以稱為「オーラ」。

キラキラネーム

ki.ra.ki.ra.ne.e.mu

意思 指一般人唸不太出來的名字。

解說 「**キラキラ**」：閃、亮。
「**ネーム**」：name(名字)。

注意 帶有貶低意味。

其它 也有暗指父母親學歷低的意思。

例 **キラキラネームが痛(いた)い。**
ki.ra.ki.ra.ne.e.mu.ga.i.ta.i
怪名字真是難堪。

反 しわしわネーム：古典的名字，例如：幸子、洋子等。

是有多怪？

例如：希空(のあ)、在波(あるは)、紅多(べーた)、紅甘(がんま)、出誕(でるた)等較不普遍，甚至單看漢字可能容易唸錯的名字。一般這類的名字會讓人不禁質疑父母親為小孩取名時的心態。

スメハラ

su.me.ha.ra

意思 臭味折磨。

解說 「**スメ**」＝スメル(smell，氣味)。
「**ハラ**」＝ハラスメント(harassment，騷擾)。

原句 「スメルハラスメント(smell harassment)」的略稱。

例 **あの人は体臭(たいしゅう)が臭(くさ)い！ありゃスメハラだ！**
a.no.hi.to.wa.ta.i.shu.u.ga.ku.sa.i! a.rya.su.me.ha.ra.da
那個人有體臭！根本就是臭味折磨！

意思 殘忍、驚悚。

例 この映像(えいぞう)はかなりエグいね。
ko.no.e.i.zo.o.wa.ka.na.ri.e.gu.i.ne
這畫面好驚悚。

類 グロい

源自平安時代，意思為口味特殊、刺激喉嚨與舌頭的味道。後來才轉而延伸出噁心、毛骨悚然、殘忍、痛苦等各種意思。

さぶい

sa.bu.i

意思 指笑話很冷、很無聊。

解說 源自關西腔。

例 さぶいギャグを言(い)ったら、会場(かいじょう)が凍(こお)りついた。
sa.bu.i.gya.gu.o.i.t.ta.ra、ka.i.jo.o.ga.ko.o.ri.tsu.i.ta
一說冷笑話，整個會場都凍僵了。

しらける

shi.ra.ke.ru

意思 掃興。

解說 「しら」：白(しら)。

例 場(ば)がしらけるのが怖(こわ)い…。
ba.ga.shi.ra.ke.ru.no.ga.ko.wa.i
很怕場面被搞冷。

瞬間冷掉！

從日本萬葉時代開始使用的名詞，原本指褪色、泛白的意思，但是從江戶時代之後，轉為指事情遭到曝光或是掃興的意思。1970年日本學生運動盛行，此名詞被當時學生作為表達失落、虛無的心境，因而大為流行。

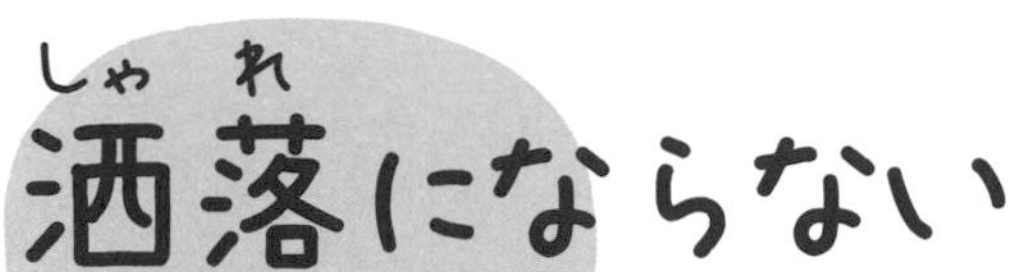

洒落にならない

sha.re.ni.na.ra.na.i

意思 這不是開玩笑的、不是鬧著玩的。

解說 「洒落（しゃれ）」：玩笑話 。

「にならない」：無法～。「～になる」的否定形 。

例 なんだこの暑（あつ）さは！洒落（しゃれ）にならないぞ。

na.n.da.ko.no.a.tsu.sa.wa！sha.re.ni.na.ra.na.i.so

天氣熱成這樣！可不是開玩笑的哦。

あるある

a.ru.a.ru

意思 常有的、常見的、常發生的。

解說 「ある」：有 。

例 あるあるの話（はなし）だね。

a.ru.a.ru.no.ha.na.shi.da.ne

這話題很常有。

來討論一下小時候做過什麼蠢事吧！

小時候會在手上畫手錶、偷穿媽媽的高跟鞋、自以為是超人、亂撿小動物回家等等，類似這樣在日常生活中常常出現，能夠引起大家討論及共鳴的話題。

附帶一提，小時候的話題日文可以說「子供（こども）の頃（ごろ）のあるある話（はなし）。」

意思 非常吻合、剛好、正好。

解說 「**ドン**」：接頭語。強調語氣，後接名詞。

「**ピシャ**」＝ ピシャリ(剛好、吻合)。

原句 「どんぴしゃり」的略稱。

例 このスカート、私(わたし)が欲(ほ)しかったデザインに**ドンピシャ**だ。
ko.no.su.ka.a.to、wa.ta.shi.ga.ho.shi.ka.t.ta.de.za.i.n.ni.do.n.pi.sha.da
這件裙子，正好是我想要的設計款式。

涙袋(なみだぶくろ)メイク
na.mi.da.bu.ku.ro.me.i.ku

意思 臥蠶妝。

解說 「**涙袋**(なみだぶくろ)」：臥蠶。

「**メイク**」：make(化妝)。

例 そのモデルさんのような**涙袋**(なみだぶくろ)**メイク**もやってみたい。
so.no.mo.de.ru.sa.n.no.yo.o.na.na.mi.da.bu.ku.ro.me.i.ku.mo.ya.t.te.mi.ta.i
我也想畫和這個模特兒一樣的臥蠶妝。

由具有人氣指標的模特兒、女明星所引領的風潮。主要是在眼睛下方打上眼影粉，營造出臥蠶效果。坊間甚至有販賣臥蠶妝專用的眼影粉。

るいかつ 涙活

ru.i.ka.tsu

意思 飆淚活動、痛哭活動。

解說 「涙(るい)」＝ 涙(なみだ)。

「活(かつ)」＝ 活動(かつどう)。

例 涙活(るいかつ)イベントで涙(なみだ)をたくさん流(なが)した。

ru.i.ka.tsu.i.be.n.to.de.na.mi.da.o.ta.ku.sa.n.na.ga.shi.ta

在痛哭活動上流了好多眼淚。

眼淚沒有白流？

這個活動主要是讓人們在庸庸碌碌的生活中透過流淚的方式消除壓力。感到憂傷及感動時的眼淚特別有效。這種紓壓方式逐漸受到矚目，因此舉辦了許多讓人好好痛哭一場的活動。

な 泣ける

ra.ke.ru

意思 賺人熱淚。

解說 「泣(な)く」的可能形。

常用 可以單獨使用也可接名詞。

例如：泣(な)ける映画(えいが)（賺人熱淚的電影）等。

例 この映画(えいが)のラストシーンが超(ちょう)泣(な)ける。

ko.no.e.i.ga.no.ra.su.to.shi.i.n.ga.cho.o.na.ke.ru

這部電影最後一幕超賺人熱淚。

147

1 選選看：聽MP3，並從〔　〕中選出適當的單字。

〔A. お釈迦　B. サラッと　C. 十八番　D. がっぽり　E. 貧乏くじ〕

① 学生時代よく______を引いて損をした。

② DVDを焼こうとしたらミスりまくって３枚も______になった。

③ 彼氏が______「結婚しよ！」と言ってビックリした。

④ カラオケの______は東京事変の群青日和。

⑤ 臨時のバイトをして、今年は______稼げた。

2 填填看：聽MP3，並在______中填入適當的單字。

① この__________のバッグって本当によくできているよな。

② 先日の試験の結果は__________だ。

③ お金を貯めて、日本で__________したい！

④ この例文は__________。

⑤ 今回の台風は__________ような強さだから、気を付けよう！

解答

1 ① E --學生時期常運氣差吃悶虧。　② A --想燒ＤＶＤ，但一直出錯，已經報廢了3張光碟了。　③ B --男朋友不經意地說「結婚吧！」，讓我嚇了一跳。　④ C --唱KTV時的必點歌是東京事變的群青日和。　⑤ D --多了短期打工的工作，今年賺很多。

2 ① パチもん--這個仿冒的包包做得還真不錯。　② イマイチ--前幾天考試的結果不如預期。
③ 爆買い--存錢想到日本大買特買！　④ ピンと来ない--對這個例句沒什麼感覺。
⑤ 洒落にならない--這次的颱風強度不是開玩笑的，要當心！

番外篇！

羅馬音略語

JK

女高中生。

● **J**oshi **K**oosei（女子校生（じょしこうせい））

例 え、今（いま）あいつJKと付（つ）き合（あ）ってるの？

e、i.ma.a.i.tsu.je.e.ke.e.to.tsu.ki.a.t.te.ru.no

誒，那傢伙現在和女高中生交往嗎？

DQN（ドキュン）

流氓、做壞事。

● **D**o**QN**

● 網路用語。

例 この前（まえ）、バイト先（さき）にDQN（ドキュン）客（きゃく）が来（き）て最悪（さいあく）だったよ。

ko.no.ma.e、ba.i.to.sa.ki.ni.do.kyu.n.kya.ku.ga.ki.te.sa.i.a.ku.da.t.ta.yo

之前打工的地方來了流氓客人，真的很麻煩。

Fラン

野雞大學。

● **F R**ank **D**aigagu(Fラン大学（だいがく）)

例 Fランに行（い）きたくないなら、ちゃんと勉強（べんきょう）しなさい！

e.fu.ra.n.ni.i.ki.ta.ku.na.i.na.ra、cha.n.to.be.n.kyo.o.shi.na.sa.i

如果不想進野雞大學，就好好的唸書吧！

RT

轉推。

- ReTweet（リツイート）
- 網路用語。

例 **この画像（がぞう）はツイーターで猛烈（もうれつ）にＲＴされてる。**
ko.no.ga.zo.o.wa.tsu.i.i.ta.a.de.mo.o.re.tsu.ni.a.ru.ti.i.sa.re.te.ru
這個圖片在推特上被瘋狂轉推。

8888

拍手聲。

- 8=パチ（pa. chi）
- 網路用語。

例 **8888おめでとう！**
pa.chi.pa.chi.pa.chi.pa.chi.o.me.de.to.o
（拍手聲）恭喜！

あ

い

う

え

お

ゆ

よ

ら

り

る

れ

ろ

わ

ヲ

ABC

MEMO

日本人聊天必說流行語2

說日語好流行!日本人聊天必說流行語. 2/Aikoberry, 平松晋之介著.
-- 初版. -- 臺北市：笛藤出版圖書有限公司, 2021.03印刷
面； 公分
ISBN 978-957-710-810-4(25K平裝)

1.日語 2.詞彙
803.12 110002289

2021年3月5日 二版第1刷 定價300元

著者｜Aikoberry・平松晋之介
編輯｜羅巧儀・葉雯婷・徐一巧
編輯協力｜立石悠佳・芝山裕理
封面設計｜羅巧儀・王舒玗
總編輯｜賴巧凌
編輯企劃｜笛藤出版
發行人｜林建仲
發行所｜八方出版股份有限公司
地址｜台北市中山區長安東路二段171號3樓3室
電話｜(02) 2777-3682
傳真｜(02) 2777-3672
總經銷｜聯合發行股份有限公司
地址｜新北市新店區寶橋路235巷6弄6號2樓
電話｜(02)2917-8022・(02)2917-8042
製版廠｜造極彩色印刷製版股份有限公司
地址｜新北市中和區中山路二段380巷7號1樓
電話｜(02)2240-0333・(02)2248-3904
郵撥帳戶｜八方出版股份有限公司
郵撥帳號｜19809050